www.ingramcontent.com/pod-product-compliance
Lightning Source LLC
LaVergne TN
LVHW010821051026
849532LV00007B/2595

* 9 7 8 8 1 1 9 0 2 2 5 5 7 *

آؤ بچو پڑھیں کہانی

(بچوں کی کہانیاں)

مرتبہ:

مکرم نیاز

Aao Bachcho padhein Kahani (Short Stories)

by: Mukarram Niyaz

Edition: October '2025

Publisher :

Taemeer Publications LLC (Michigan, USA / Hyderabad, India)

ISBN 978-81-19022-55-7

9 788119 022557

کتاب	:	**آؤ بچو پڑھیں کہانی**
مرتب	:	**مکرم نیاز**
پروف ریڈنگ / تدوین	:	سید حیدرآبادی
بہ تعاون	:	روشنائی ڈاٹ کوم [roshnai.com]
صنف	:	ادب اطفال
ناشر	:	تعمیر پبلی کیشنز (حیدرآباد، انڈیا)
سالِ اشاعت	:	۲۰۲۵ء
صفحات	:	۱۱۴
سرورق ڈیزائن	:	تعمیر ویب ڈیزائن

فہرست

۱

تھیلے کا معمہ

ترجمہ: فصیح اللہ حسینی

یہ ایک اتفاق تھا کہ انسپکٹر ریحان سب سے پہلے فرد تھے جو اس ہفتہ کی صبح "فن لینڈ پارک" میں تفتیش کے لیے پہنچے تھے۔ وہ اپنی ذاتی گاڑی پر پولیس تھانے سے واپس آ رہے تھے کہ انہوں نے پولیس ریڈیو پر خبر سنی کہ فن لینڈ پارک میں ڈکیتی کی واردات ہوئی ہے۔ وہ پارک پہنچے اور گاڑی پارک کے دروازے پر روکی اور تقریباً بھاگتے ہوئے پارک کی طرف دوڑے۔ ان کا ایک ہاتھ جسم پر لگی پستول پر تھا۔ وہ اندر جا رہے تھے کہ چوکیدار نے انہیں روکنے کی کوشش کی۔

"پولیس !! ڈکیتی کی تفتیش کے لیے!" انہوں نے جواب دیا۔

"سب ٹھیک ہے! لڑکا بھاگنے کی کوشش کر رہا تھا تو منیر نے اسے مار دیا۔" چوکیدار انسپکٹر ریحان کو آگاہ کر رہا تھا۔ انسپکٹر ریحان نے اب پستول اپنی جیب میں چھپا لی تھی۔ بچوں کے گول جھولے کی طرف پہلے ہی ایک مجمع لگا تھا۔

ایک مضبوط جسم کا آدمی دھاری دار قمیص پہنے ہجوم کے بیچ میں کھڑا تھا جبکہ ایک دراز بالوں والے نوجوان کی لاش اس کے قدموں میں پڑی تھی۔

انسپکٹر ریحان نے ہتھیار منیر سے لیا اور صاف رومال میں لپیٹ کر کندھے پر لٹکے بستہ میں ڈال لیا۔ اتنے میں دو پولیس والے تماشائیوں کا دائرہ توڑتے ہوئے وہاں پہنچے۔

"آپ نے اس لڑکے کو گرفتار کر لیا ہے؟" ان میں سے ایک نے جو انسپکٹر ریحان کو جانتا تھا، ان سے پوچھا۔

"نہیں یہ مجرم نہیں ہیں۔ آپ بس اس مجمع کو یہاں سے منتشر کریں۔" پولیس والا مڑا اور ہاتھ بلند کرتے ہوئے بولا۔

"بھائیو! تماشا ختم۔۔۔۔۔ آپ سب یہاں سے چلے جائیے اور میلے کے مزے لوٹیے۔"

انسپکٹر ریحان منیر کو کونے پر لے گئے اور اس سے ڈکیتی کی تفصیلات معلوم کرنے لگے۔

"میں گزشتہ رات کو اپنے پیسے گننے کے بعد بنک میں جمع کروانے کے لیے نکل رہا تھا۔ جمعہ کو یہاں رش ہونے کی وجہ سے اچھی کمائی ہو جاتی ہے۔ میرے پاس ایک تھیلے میں پچیس ہزار روپے تھے۔ میں نکل رہا تھا کہ یہ کمبخت پستول لہراتا ہوا میرے کمرے میں آدھمکا۔ میں نے میز کے نیچے ہاتھ ڈال کر خاموشی سے خطرے کی گھنٹی بجادی اور پیسوں کا تھیلا اسے دے دیا۔ وہ وہاں سے بھاگا اور میں بھی اپنی پستول پر جھپٹا اور اس کے پیچھے بھاگا۔ مگر یہ اس کی غلطی تھی کہ وہ منیر کو بیوقوف سمجھ رہا تھا۔"

وہ سب گول جھولے کے پاس کھڑے تھے جب انسپکٹر ریحان نے کشتی والے

جھولے کی طرف جینز اور ٹی شرٹ میں ملبوس، لڑکے کو دیکھا جس کی شرٹ پر "فن لینڈ پارک" چھپا ہوا تھا۔ اس کے سیاہ گھنے بال کندھوں تک آرہے تھے اور اس کی عمر بیس کے اندر اندر معلوم ہوتی تھی۔ آرٹس کالج کے اکثر طلباء چھٹیوں میں اس پارک میں اپنے فن کا مظاہرہ کرتے تھے۔

"کیا تم اس زیبرے پر رنگ کر رہے ہو؟"

انسپکٹر ریحان کے پوچھنے پر وہ ان کی طرف متوجہ ہو گیا تھا۔ وہ مسکرایا اور بولا "جی بالکل! زیبرے کی پٹیوں کو رنگ کر رہا ہوں۔ پھر مجھے گھوڑے کی گردن کے بالوں کو رنگنا ہے اور اس کے بعد سینگوں کو رنگوں گا۔

انسپکٹر ریحان اب قطار سے لگے رنگ کے ڈبوں کو دیکھ رہے تھے۔ کالے، سفید، نارنجی، کتھئی، چھوٹے، بڑے، کچھ کھلے ہوئے اور کچھ ابھی تک بند۔ یہ سب کافی دلچسپ لگ رہا تھا۔ انہوں نے محسوس کیا۔ وہ اب اپنے مقصد کی طرف پلٹ آئے تھے۔

"تم تو یہاں کام کر رہے تھے۔ تم نے لازماً گولی چلتے ہوئے دیکھا ہو گا؟" لڑکے کا سر اثبات میں ہلا تھا۔

"میں نے سب دیکھا ہے۔ یہ آدمی بھاگتے ہوئے آرہا تھا اور منیر اس کا پیچھا کر رہا تھا۔ پھر اچانک گولی چلی اور آدمی نیچے گر گیا۔ منیر اپنی پستول سمیت اس کے پاس آیا۔ ایسا لگ رہا تھا کہ وہ دوبارہ اس پر گولی چلائے گا مگر اس نے ایسا نہیں کیا۔"

انسپکٹر ریحان منیر کی طرف مڑے۔ "کیا ایسا ہی ہوا تھا؟"

منیر نے لڑکے کی بات کی تصدیق کی۔ "میں اسے روکنے کے لیے اس کا پیچھا

کررہا تھا مگر وہ مسلسل بھاگتا رہا۔ بالآخر میں نے اس پر گولی چلا دی۔ وہ کشتی والے جھولے کی دائیں طرف گرا اور اس نے دو چار بار قلابازیاں کھائیں۔ میں خوفزدہ تھا کہ وہ پلٹ کر مجھ پر حملہ کرے گا مگر پھر میں نے دیکھا کہ وہ مر چکا تھا۔"

انسپکٹر ریحان نے توقف کیا اور پھر بولے "اس کی پستول اور پیسوں کا تھیلا کہاں ہے ؟"

"اس کے پاس کوئی تھیلا نہیں تھا اور جو پستول آپ کو اس کشتی والے جھولے کے پاس لکڑی کی سیڑھیوں سے ملی ہے، ممکن ہے اس مردہ آدمی نے ہی اسے وہاں چھپایا ہو۔" ٹی شرٹ میں ملبوس نوجوان نے جواب دیا۔

"میں جب اس کا پیچھا کر رہا تھا تو اس نے پہلے ہی پیسے کہیں دبا دیئے ہوں گے اور ویسے بھی آپ کے دو پولیس والے پہلے ہی کباڑ کی جگہ تلاشی لے چکے ہیں۔" منیر نے بودے پن سے شکوہ کیا۔

"ٹھیک ہے دیکھتے ہیں۔" یہ کہتے ہوئے انسپکٹر ریحان پلٹے اور لڑکے کی طرف متوجہ ہو گئے۔

"تمہارا نام کیا ہے ؟"

"شان !! میں گرمیوں میں یہاں کام کرتا ہوں۔" لڑکے نے جواب دیا۔

"ٹھیک ہے تم اپنا کام کرو۔ میں تم سے بعد میں بات کرتا ہوں۔" انسپکٹر نے کہا اور پلٹ گئے۔

انسپکٹر ریحان ایک پولیس والے کو کباڑ کی جگہ اور ایسی جگہوں کی کہ جہاں پیسوں کا تھیلا چھپایا جا سکتا تھا، تلاش کرتے ہوئے دیکھ رہے تھے۔ یہ تھیلا منیر کے

دفتر اور کشتی والے جھولے کے درمیان کسی جگہ ہونا چاہیے تھا۔ پولیس کے فوٹو گرافر، لاش کا معائنہ کرنے والے اور ایمبولینس سب جائے وقوعہ پر پہنچ چکے تھے۔ اس کے ساتھ ساتھ دو تفتیش کار بھی پہنچ چکے تھے۔

انسپکٹر ریحان نے ساری تفصیلات انہیں بتائیں اور منیر سے لی گئی پستول ان کے حوالے کر دی۔ پارک میں ایک اجنبی سی خاموشی طاری تھی۔ اکثر جھولے بند ہو چکے تھے اور لوگ جوکروں کے کرتب دیکھنے کی طرف متوجہ ہو گئے تھے۔ انسپکٹر ریحان نے اس چوکیدار کو تلاش کیا جس سے اندر آتے ہوئے ان کا آمنا سامنا ہوا تھا۔ اس کا نام دلاور تھا۔

انسپکٹر ریحان اس سے مخاطب ہوئے۔

"مجھے یہ بتاؤ دلاور کہ جب میں یہاں آیا تھا تو تم نے مجھے بتایا تھا کہ منیر نے ڈاکو کو مار دیا ہے۔ تم کیسے جانتے تھے جبکہ یہ واقعہ پہلے ہو چکا تھا۔"

"میں نے اسے دیکھا تھا۔ جب منیر نے اپنے دفتر سے گھنٹی بجائی تو خطرے کی گھنٹی میرے دروازے پر ہی بجی تھی۔ میں نے پولیس کو فون کیا اور بتایا کہ یہاں ڈکیتی پڑی ہے۔ پھر میں نے دیکھا کہ ایک آدمی بھاگ رہا ہے۔ باہر کے دروازے کی طرف نہیں بلکہ کشتی والے جھولے کی طرف۔" اس نے وضاحت کی۔

"کشتی والے جھولے کی طرف؟ یہاں سے باہر نکلنے کا کوئی اور راستہ بھی ہے کیا؟"

"نہیں! کوئی دوسرا نہیں۔"

"جب تم نے اس کو دیکھا تو کیا اس نے کوئی چیز پکڑی ہوئی تھی۔ کوئی تھیلا کوئی

پستول؟"

اس کے ہاتھ میں کچھ تھا مگر میں اتنے فاصلے پر تھا کہ صحیح سے دیکھ نہ سکا۔

"کیا اس آدمی کو تم نے پہلے کبھی یہاں دیکھا تھا؟ آتا جاتا رہتا تھا یہاں ______؟"

"میں نے صرف اس کی لاش دیکھی ہے۔ پہلے کبھی نہیں دیکھا اسے۔" دلاور نے نفی میں سر ہلا دیا۔

"شکریہ دلاور______ پھر ملوں گا تم سے۔" انسپکٹر مسکرائے اور چل دیئے۔

وہ دوبارہ کشتی والے جھولے کی طرف آئے اور بغور کالے، سفید، کتھی، بھورے اور گرے اور مختلف رنگ کے لکڑی کے جانوروں کا معائنہ کر رہے تھے جو کہ کشتی والے جھولے پر لگائے جانے تھے۔

لاش اٹھائی جا چکی تھی اور اکا دکا لوگ بھی چلے گئے تھے۔ اتنے میں پولیس والا آیا اور انسپکٹر ریحان سے مخاطب ہوا۔

"کباڑ کی جگہ سے کچھ نہ مل سکا۔ مگر ہمیں مردہ آدمی کا لائسنس ملا ہے۔ اس کا نام شیر از ہے۔ چوبیس سال عمر ہے اور پتہ محشر روڈ کا لکھا ہوا ہے۔ ہم تلاش کر رہے ہیں۔ اس کا اگر کوئی ریکارڈ مل جائے تو______"

"بہت اچھا!" انسپکٹر نے بس اتنا ہی کہا۔

"اس معمے نے آپ کو پریشان کر دیا ہے۔ ایسا ہی ہے ناں سر؟" پولیس والا انسپکٹر ریحان سے ہمدردی کر رہا تھا۔

"ہاں! یہ غلط راستے پر بھاگ رہا تھا۔ باہر نکلنے والے راستے پر نہیں۔ میں جانتا

چاہتا ہوں کہ کیوں ؟"

وہ دوبارہ شان کی طرف بڑھے۔ وہ لکڑی کے زیبرے پر آخری ہاتھ مار چکا تھا اور اب پیچھے ہٹ کر گھٹنوں کے بل بیٹھ کر اس کا معائنہ کر رہا تھا۔

انسپکٹر ریحان کو اپنے قریب کھڑے دیکھتے ہوئے وہ مسکرایا اور بولا۔

"منیر چاہتا ہے کہ میں آج اسے مکمل کرلوں تاکہ وہ کل کشتی والے جھولے کو دوبارہ کھول سکے، پہیے ملے آپ کو؟"

انسپکٹر نے نفی میں سر ہلایا اور بولے۔ "سراغ نہ مل سکا اور مضحکہ خیز بات یہ ہے کہ مردہ آدمی باہر نکلنے والے راستے کی طرف نہیں بھاگ رہا تھا۔ کیا تم نے اس پر غور کیا؟"

"کیا مطلب ہے ؟ اگر وہ بھاگنا نہیں چاہ رہا تھا تو ممکن ہے کہ اس نے ڈکیتی ہی نہ کی ہو۔ ممکن ہے منیر نے خود یہ پوری کہانی بنائی ہو؟" اپنے ہاتھوں پر لگے رنگ کو صاف کرتے ہوئے شان نے کندھے اچکاتے ہوئے کہا۔

"وہ اپنے پیسے چرانے کے لیے جعلی ڈکیتی کیوں پڑوائے گا؟" انسپکٹر نے کہا۔

"یہ اس کے پیسے نہیں تھے۔ وہ یہاں کاروبار میں شراکت دار ہے اور میں نے سنا ہے کہ وہ مقروض بھی ہے۔"

"تم سمجھتے ہو کہ اس نے ایک بے گناہ کو مارا ہے ؟"

"پولیس میں آپ ہیں میں نہیں۔" شان نے کندھے اچکا دیئے۔

انسپکٹر ریحان دیکھ رہے تھے کہ پولیس کی ٹیم منیر کو پکڑ کر گاڑی کی طرف لے جا رہی تھی۔

"ہم اسے تھانے لے جارہے ہیں۔ وہاں اس کا بیان لیں گے۔ یہ کیس بڑی عدالت میں جائے گا۔ گاڑی کی طرف بڑھتے ہوئے پولیس والے نے انسپکٹر ریحان سے کہا۔

"ابھی رکو! معاملہ ختم نہیں ہوا ہے۔" انسپکٹر نے انہیں روکنا چاہا۔

"ہمیں پیسے نہیں ملے اور ہمارے پاس اس کے بیان کے علاوہ کوئی ثبوت نہیں ہے۔ پولیس والے نے کہا اور گاڑی کو اسٹارٹ کرنے لگا۔ تھوڑی دیر بعد وہ گاڑی کو جاتا دیکھ رہے تھے۔

پارک کے ایک طرف بچوں کی چھوٹی ریل گاڑی چلنے کی آواز آرہی تھی۔ انسپکٹر ریحان نے ایک نظر مرکزی دروازے پر کھڑے چوکیدار دلاور پر ڈالی اور پھر انہوں نے فیصلہ کر لیا۔

شان زیبرے کا کام مکمل کر چکا تھا اور اب وہ گھوڑے کی گردن کے بالوں پر دوسرا ہاتھ مارنے کے لیے کتھی رنگ کا ڈبہ کھول رہا تھا کہ انسپکٹر ریحان نے اس سے پوچھا۔

"ایک آخری بات شان!! جس پر گولی چلائی گئی وہ یہاں اجنبی تھا اور پھر وہ یہ بھی جانتا تھا کہ کب اور کہاں منیر پیسے لے کر بنک میں جمع کروانے جائے گا۔ اس کو یہ اندر کی معلومات فراہم کرنے والا ضرور کوئی نہ کوئی ہو گا۔

میں یقین سے کہہ سکتا ہوں کہ وہ جس طرح بھاگا تھا۔ وہ چاہتا تھا کہ وہ پیسوں کا تھیلا تمہارے پاس چھپائے اور جب وہ مہلک زخم کھا کر مر گیا تو تم نے کشتی والے جھولے کی سیڑھیوں سے اس تھیلے کو پار کر لیا۔

"میں نے نہیں کیا۔۔۔۔۔" شان کچھ کہنا چاہتا تھا کہ انسپکٹر ریحان نے اس کی بات کاٹی اور بولے۔

"ان جانوروں پر بہت سے رنگ کیے گئے ہیں شان۔۔۔۔۔ مگر ان میں سے کوئی بھی نارنجی رنگ نہیں اور میرے خیال سے یہ نارنجی رنگ کا ڈبہ خالی ہے اور اگر تم اس کا ڈھکن اٹھاؤ تو مجھے یقین ہے کہ پیسوں سے بھرا گمشدہ تھیلا اس ڈبے سے نکلے گا۔"

***

۲

عجیب مہمان

اشتیاق احمد

مہمان کے آنے کی اطلاع ہمیں ابا جان نے دی تھی۔ ہم اسکول سے آئے تو انہوں نے بتایا کہ آج رات ٹھیک آٹھ بجے ہمارے ہاں ایک مہمان آنے والے ہیں۔ اس کے علاوہ انہوں نے ہمیں کوئی بات نہ بتائی کہ وہ کون ہیں، ہمارے کیا لگتے ہیں، کہاں سے آئیں گے اور کیوں آئیں گے۔

ہم نے یہ باتیں ان سے پوچھیں بھی، لیکن انہوں نے اور کچھ نہ بتایا۔ ہم نے امی جان کو کریدا تو انہوں نے بتایا کہ وہ بھی اتنا ہی کچھ جانتی ہیں جتنا کہ ہم۔ اس کا مطلب یہ تھا کہ مہمان امی جان کے لیے بھی اجنبی ہی تھا۔ اب تو ہم بے چینی سے ان کا انتظار کرنے لگے اور سوچنے لگے کہ آخر اس رازداری کی کیا ضرورت ہے۔ ابا جان مہمان کے بارے میں سب کچھ بتا کیوں نہیں دیتے۔

ٹھیک آٹھ بجے دروازے کی گھنٹی بجی۔ ابا جان مہمان کو لینے بھی نہیں گئے تھے۔ جب ہم نے ان سے کہا کہ کیا آپ مہمان کو لینے نہیں جائیں گے تو انہوں نے کہا، اس کی ضرورت نہیں، وہ خود بخود پہنچ جائیں گے۔ گھنٹی کی آواز سنتے ہی ہم نے

ٹائم پیس کی طرف دیکھا اور سمجھ گئے کہ مہمان آگئے ہیں۔ ابا جان دروازہ کھولنے جا چکے تھے۔ ہم صحن میں بیٹھے تھے اور نظریں دروازے پر لگی تھیں۔ آخر مہمان ابا جان کے ساتھ اندر داخل ہوئے۔ وہ ایک نوجون آدمی تھی۔ شلوار قمیص پہنے ہوئے تھے۔ ہاتھ میں ایک چھوٹا سا بیگ تھا۔ ان کی آنکھوں میں بہت تیز چمک تھی۔ ہونٹوں پر ایک مسکراہٹ ناچ رہی تھی۔ سیدھے ہماری طرف آئے۔ ہم جلدی سے اٹھ کر کھڑے ہو گئے۔

"السلام علیکم!" انہوں نے ہم سے کہا۔

"وعلیکم السلام!" ہم نے ان کے سلام کا جواب دیا اور ان کے بیٹھنے کے بعد ہم بھی بیٹھ گئے۔

ملازم نے جلدی جلدی کھانا لگایا۔ کھانے سے پہلے مہمان نے کہا:

"بچو! تم سوچ رہے ہو گے کہ میں کون ہوں۔ اگر میں یہ بتا دوں کہ میں کون ہوں تو تم اچھل پڑو گے، لیکن میں ایسا نہیں کروں گا۔ ہاں! اگر تم یہ بتا دو کہ میں کون ہوں تو میں تمہیں ایک سو روپے انعام دوں گا۔"

بات بہت عجیب تھی۔ بھلا ہم یہ کیسے بتا سکتے تھے کہ وہ کون ہیں جب کہ امی جان تک کو ان کے بارے میں کچھ معلوم نہ تھا۔ اگر کچھ جانتے تھے تو صرف ابا جان اور وہ ہمیں کچھ بتانے کے لیے تیار نہیں تھے۔ آخر میں نے کہا:

"چچا جان! بھلا ہم یہ بات کیسے بتا سکتے ہیں۔ ہم کوئی نجومی تو ہیں نہیں۔"

"نجومی تو نہیں ہو، لیکن خدا نے تمہیں عقل تو دی ہے۔ اس عقل سے کام لے کر معلوم کرو کہ میں کون ہوں اور سو روپے انعام حاصل کر لو۔"

"چچا جان! کیا یہ بات ہمیں ابھی اور اسی وقت بتانی ہو گی۔" اخلاق نے کہا۔

"نہیں بھئی، میں تمہیں ایک ہفتے کی مہلت دیتا ہوں۔ اگر ایک ہفتے تک تم اس مسئلے کو حل نہ کر سکے تو تمہاری ہار کا اعلان کر دیا جائے گا۔" مہمان نے کہا۔

"میرا خیال ہے کہ میں بھی بچوں کے ساتھ شامل ہو جاتی ہوں، کیونکہ مجھے بھی آپ کے بارے میں کچھ معلوم نہیں ہے۔" امی نے نئی بات کہی۔

"مجھے کوئی اعتراض نہیں ہے۔ آپ خوشی سے ان کے ساتھ مل کر یہ معلوم کرنے کی کوشش کر سکتی ہیں کہ میں کون ہوں؟"

امی جان سمیت ہماری تعداد پانچ ہو چکی تھی۔ ہماری اس ٹیم میں ان کے شامل ہونے سے ہمیں خوشی بھی ہوئی اور حوصلہ بھی۔ امی جان مہمان سے پوچھ رہی تھیں:

"بھائی جان! کیا ہم آپ کے کمرے اور سامان کو بھی دیکھ سکتے ہیں، تاکہ آپ کے بارے میں کچھ جاننے میں مدد مل سکے۔"

"ہاں ہاں ضرور۔ آپ لوگ بڑی خوشی سے میری ہر چیز کا جائزہ لے سکتے ہیں، مجھے اس پر کوئی اعتراض نہیں ہو گا، میں اپنا کمرہ اور اپنا بیگ وغیرہ بھی کھلا رکھا کروں گا تاکہ آپ جس وقت چاہیں، دیکھ سکیں۔"

"بس ٹھیک ہے۔ اب ہمیں امید ہے کہ ہم بہت جلد آپ کے بارے میں سب کچھ جان جائیں گے۔" میں نے کہا۔

اس کے بعد ہم پانچوں ڈرائنگ روم میں جمع ہوئے۔ مہمان اور ابا جان سونے کے لیے جا چکے تھے، لیکن ہم سونے سے پہلے کچھ مشورہ کرنا چاہتے تھے۔ سب کے

بیٹھنے کے بعد امی جان بولیں:

"کسی بھی کام کو کرنے کے لیے اسے کرنے کا طریقہ معلوم ہونا چاہیے۔ اگرچہ ہم میں سے کسی نے بھی آج سے پہلے اس قسم کا کام نہیں کیا، پھر بھی اگر ہم آپس میں مشورہ کر کے یہ کام شروع کریں گے تو کوئی وجہ نہیں کہ اسے نہ کر سکیں۔"

"آپ نے بالکل ٹھیک کہا امی جان! ہم آپ کی ہدایات کے مطابق کام کریں گے۔ اب بتائیے، ہم یہ کام کس طرح شروع کریں۔" آفتاب نے کہا۔

"ہمارے پاس کافی وقت ہے۔ اس لیے آج سب لوگ آرام کریں۔ ہم کل سے یہ کام شروع کریں گے۔ مہمان جب ناشتا کرنے کے لیے ناشتے کی میز پر چلے جائیں گے تو ہم ان کے کمرے میں داخل ہو جائیں گے اور ان کی چیزوں کو دیکھیں گے۔" امی جان نے کہا۔

"یہ تو ٹھیک ہے، لیکن جب تک ہم ناشتے کی میز پر نہ پہنچ جائیں گے، مہمان اور ابا جان ناشتا شروع نہیں کر سکیں گے۔"

"تو پھر میں یہ کام اشفاق کے سپرد کرتی ہوں۔ ہم سب ناشتے کی میز پر موجود رہیں گے اور اشفاق مہمان کے کمرے میں جاسوسی کے فرائض انجام دے گا۔"

"یہ ترکیب بالکل ٹھیک رہے گی۔" ہم سب نے ایک ساتھ کہا۔

دوسرے دن پروگرام کے مطابق اشفاق ناشتے کی میز سے غائب تھا۔ ہم سمجھ گئے کہ وہ مہمان کے کمرے میں جا چکا ہے۔ مہمان اس وقت میز پر موجود تھے۔ چائے پیتے ہوئے انہوں نے کہا:

"کیوں بھئی! کیا تم لوگوں نے میرے بارے میں کچھ معلوم کرنے کی کوشش

شروع کر دی ہے۔"

"جی ہاں! ہم یہ کام شروع کر چکے ہیں اور امی جان ہمارا ساتھ دے رہی ہیں۔" میں نے کہا۔

"بہت خوب! دیکھنا یہ ہے کہ تم لوگ کتنے پانی میں ہو۔ دراصل یہ پروگرام اس لیے بنایا گیا ہے کہ تمہارے ابا جان نے اپنے خطوں میں تمہاری ذہانت کی کئی بار بہت تعریف کی ہے۔ میں نے بھی اپنے خطوں میں یہ ذکر کیا کہ یہ آپ کو میرے بارے میں کچھ نہ بتائیں اور میں یہاں آنے کے بعد ان کا امتحان لوں گا۔"

"چچا جان! کیا اس سلسلے میں ہم آپ سے کچھ سوال کر سکتے ہیں؟" اخلاق نے پوچھا۔

"ہاں ہاں۔۔۔ کیوں نہیں۔"

"تو پھر میرا پہلا سوال یہ ہے کہ کیا آپ کا یہاں آنے کا پہلے ہی سے پروگرام تھا، یا آپ یہاں صرف ہماری ذہانت کا امتحان لینے آئے ہیں۔" میں نے پوچھا۔

"نہیں، یہاں آنے کا پروگرام تو بہت پہلے سے تھا۔"

"کیا آپ پہلے بھی کبھی اس گھر میں آ چکے ہیں؟" آفتاب نے پوچھا۔

"ہاں!" انہوں نے جواب دیا۔

"یہ کب کی بات ہے؟" امی جان نے سوال کیا۔

"آج سے کوئی پندرہ سال پہلے۔"

"اوہ! یہ تو ہماری پیدائش سے بھی پہلے کی بات ہے۔" میں نے چونک کر کہا۔

"ہاں! بلکہ یوں کہہ لیں کہ آپ کے ابا جان اور امی جان کی اس وقت شادی

بھی نہیں ہوئی تھی۔"

"اس سے ایک بات ثابت ہوتی ہے کہ ابا جان سے آپ کے تعلقات بہت پرانے ہیں۔" اخلاق بولا۔

"ہاں! یہ ٹھیک ہے۔" مہمان بولے۔

"آپ کس شہر سے آئے ہیں؟" میں نے پوچھا۔

"افسوس! میں آپ لوگوں کو یہ بات نہیں بتا سکتا۔"

"چلئے، خیر کوئی بات نہیں۔ آپ اتنا بتا دیں کہ کیا کام کرتے ہیں۔" اخلاق نے پوچھا۔

"یہ بھی نہیں بتایا جا سکتا۔" وہ مسکرائے۔

آخر ہم نے سوالات کا سلسلہ بند کر دیا۔ سب ناشتا کر چکے تھے، اس لیے اٹھ کھڑے ہوئے۔ ہم پروگرام کے مطابق ڈرائنگ روم میں آئے، کیونکہ اشفاق کو ڈرائنگ روم میں ہی آنا تھا۔ جب ہم ڈرائنگ روم میں آئے تو اشفاق وہاں پہلے سے ہی موجود تھا اور کسی گہری سوچ میں گم بیٹھا تھا۔

"معلوم ہوتا ہے کوئی تیر مار کر آئے ہو۔" امی جان بولیں۔

"نہیں تو امی جان! مجھے تو تیر چلانا آتا ہی نہیں۔" اشفاق نے معصومیت سے کہا اور سب کو ہنسی آگئی۔

"مذاق چھوڑو اور یہ بتاؤ کہ کیا معلوم ہوا ہے۔" اخلاق نے کہا۔

"اگر سب لوگ مجھے بڑا جاسوس ماننے کا وعدہ کریں تو میں کچھ بہت ہی کام کی باتیں بتا سکتا ہوں۔" اشفاق نے کہا۔

"اور اگر ہم یہ وعدہ نہ کریں تو تم ہمیں کچھ نہیں بتاؤ گے ؟"

"نہیں۔۔۔بتاؤں گا تو میں پھر بھی، کیونکہ اس کے بغیر ہم اس کام کو مکمل نہیں کر سکیں گے۔" اشفاق نے کہا اور ایک بار پھر سب ہنسنے لگے۔

"چلو بتاؤ۔ وقت ضائع نہ کرو۔"

"تو سنیے۔ میں مہمان کے کمرے میں داخل ہوا۔ پورے کمرے پر ایک نظر ڈالنے پر مجھے کوئی خاص بات نظر نہ آئی۔ میں نے ایک ایک چیز کا تفصیل سے معائنہ کرنے کا فیصلہ کر لیا۔ سب سے پہلے میں نے آتش دان سے ان کا کنگھا اٹھا کر دیکھا۔"

"بے وقوف ہو تم۔ بھلا کنگھے سے کیا بات معلوم ہو سکتی ہے۔" مجھے ایک دم غصہ آگیا۔

"بھئی پہلے سن تو لو، یا پھر تم خود یہ بتا دو کہ کس چیز سے کوئی بات معلوم ہونے کی امید ہے۔" امی نے نرمی سے کہا۔ پھر اشفاق سے بولیں: "ہاں !تم اپنی بات جاری رکھو۔"

"جی، بہت اچھا۔ ہاں تو میں نے کنگھے کو غور سے دیکھا۔ اس میں کچھ بال الجھے ہوئے تھے۔ وہ جاپان کا بنا ہوا تھا۔۔۔"

"اس لیے تم نے سوچا کہ مہمان جاپان سے آئے ہیں۔" آفتاب نے مذاق اڑانے کے انداز میں کہا، اشفاق نے اس کی بات کاٹ کر کہا:

"اگر تم آرام سے نہیں سنو گے تو میں آگے ایک لفظ نہیں بتاؤں گا۔ جاؤ جا کر خود جاسوسی کر لو۔" اشفاق نے جل کر کہا۔

"بری بات ہے آفتاب۔ بات پوری سن لو، پھر اپنی کہنا۔" امی جان نے آفتاب کو پیار سے ڈانٹا۔

"بہت بہتر امی جان۔" آفتاب نے کہا اور اشفاق نے پھر کہنا شروع کر دیا۔

"میں نے کنگھا واپس رکھ دیا اور مہمان کی پتلون جو ان کے سرہانے لٹک رہی تھی، اتار لی۔ اس کی جیبوں کی تلاشی لی تو اس میں سے ایک بٹوہ نکلا۔ اس بٹوے میں سو سو کے نوٹ بھرے تھے اور۔۔۔"

"تم نے کوئی نوٹ نکالا تو نہیں؟" اخلاق نے جلدی سے کہا۔

"میں اتنا بے ایمان نہیں ہوں۔" اشفاق نے تلملا کر کہا۔

"چلو ٹھیک ہے آگے بتاؤ۔"

"اس بٹوے میں نوٹوں کے علاوہ ایک تصویر بھی تھی۔"

"اور وہ تصویر مہمان کی ہوگی۔" امی جان بولیں۔

"جی نہیں۔ اس تصویر پر دو بچے ایک دوسرے کا ہاتھ پکڑے کھڑے ہیں۔ ہو سکتا ہے کہ یہ مہمان کے بچپن کی تصویر ہو۔ اور ان کے ساتھ ان کا کوئی دوست یا بھائی کھڑا ہو۔"

"ہوں۔ بات تو ٹھیک ہے۔ کیا تم وہ تصویر لے آئے ہو؟" میں نے پوچھا۔

"جی ہاں! تصویر ہمیں مدد دے سکتی ہے۔ اس لیے میں یہ لے آیا ہوں۔" اشفاق بولا۔

"تم نے بہت اچھا کیا۔ اب جلدی سے اس تصویر کو نکالو، تاکہ ہم سب دیکھ لیں۔"

"یہ لیجیے۔"

اشفاق نے اپنے بٹوے سے تصویر نکال کر ہم سب کے سامنے رکھ دی۔ ہم ایک ساتھ تیزی سے جو اس پر جھکے تو سب کے سر ایک دوسرے سے ٹکرا گئے اور سی سی کرنے لگے۔ آخر دوبارہ تصویر پر جھکے اور اسے غور سے دیکھنے لگے۔ جیسا کہ اشفاق نے بتایا تھا، یہ دو بچوں کی تصویر تھی۔ دونوں بچے بہت خوب صورت تھے اور چھوٹے بڑے تھے۔

"ان میں سے ایک چھوٹا ہے اور دوسرا بڑا۔" امی بولیں۔

"جی ہاں! اور جہاں تک میرا خیال ہے، بڑے والے بچے کی تصویر ہمارے مہمان کے بچپن کی تصویر ہے۔" آفتاب بولا۔

"ہوں۔ یہی بات معلوم ہوتی ہے۔ آنکھوں کی رنگت بھی وہی اور بھنویں ناک کے اوپر آپس میں مل رہی ہیں، مہمان کی بھنویں بھی ناک کے اوپر ملی ہوئی ہیں۔" میں نے کہا۔

"اگر اس بات کو درست مان لیا جائے تو بھی ہم یہ کیسے معلوم کر سکتے ہیں کہ مہمان کون ہے۔"

"بھئی معلوم ہوتے ہوتے ہی ہو گا۔ کم از کم ایک چیز تو ہاتھ لگی ہے۔" اشفاق بولا۔

"اچھا خیر! اس کے علاوہ تمہیں کمرے میں اور کیا خاص بات نظر آئی۔"

"مہمان کے جوتے۔" اشفاق بولا۔

"مہمان کے جوتے!" سب نے حیران ہو کر کہا۔

"ہاں مہمان کے جوتے۔ میں نے انہیں الٹ پلٹ کر دیکھا۔ ظاہر میں تو وہ عام سے جوتے ہیں، لیکن میرا دل کہتا ہے کہ ان میں کوئی خاص بات ہے۔"

"بھلا جوتوں میں کیا خاص بات ہو سکتی ہے۔" امی جان نے حیران ہو کر کہا۔

"یہ تو جوتے دیکھ کر ہی اندازہ ہو سکتا ہے۔"

"تو ٹھیک ہے۔ آج شام کو جب مہمان ابا جان کے ساتھ سیر کے لیے جائیں گے تو ہم سب مل کر ان کا معائنہ کر لیں گے۔ اچھا کوئی اور بات جو خاص نظر آئی ہو؟"

"میں ابھی تک ان کا بیگ نہیں دیکھ سکا۔ وہ بھی ہم شام کو دیکھ لیں گے۔"

"تو پھر شام تک لیے تفتیش کا یہ کام ختم کیا جاتا ہے۔ اب ہم گھر کے دوسرے کام کریں گے۔"

شام کے وقت مہمان ابا جان کے ساتھ سیر کے لیے چلے گئے تو ہم ان کے کمرے میں داخل ہو گئے۔ اگرچہ اشفاق نے ابھی بیگ بھی نہیں دیکھا تھا، پھر بھی ہم سب سے پہلے ان کے جوتوں کی طرف بڑھے۔ وہ سیر کے لیے جاتے وقت ہوائی چپل پہن گئے تھے، اس لیے جوتے کمرے میں ہی ان کی چارپائی کے نیچے موجود تھے۔ اشفاق نے جوتے اٹھاتے ہوئے کہا:

"یہ دیکھیں۔۔۔ اس کا تلا کتنا موٹا ہے اور جوتے وزن دار کتنے ہیں۔ آخر اتنے موٹے تلے کی کیا ضرورت ہے، جبکہ مہمان کافی لمبے آدمی ہیں۔ اسی طرح ایڑی بہت اونچی لگی ہوئی ہے۔"

"مجھے تو اس جوتے میں کوئی خاص بات نظر نہیں آتی۔ عام سا جوتا ہے اور آج

کل اسی قسم کے جوتوں کا فیشن ہے۔" اخلاق نے رائے دی۔

"بالکل ٹھیک۔ اس جوتے میں کوئی خاص بات نہیں ہے۔" آفتاب نے اس کا ساتھ دیا۔

"ذرا میں بھی تو ایک نظر دیکھ لوں۔" میں نے جوتا لیتے ہوئے کہا۔ میرے ساتھ امی جان بھی جوتا دیکھنے لگیں۔

"یہ ٹھیک ہے کہ یہ جوتا بالکل عام جوتوں جیسا ہے، لیکن اس میں ایک بہت ہی عجیب بات ہے۔" اچانک میں نے کہا اور سب مجھے چونک کر دیکھنے لگے۔

"عجیب بات۔ کیا مطلب!" امی جان نے کہا۔

"دائیں جوتے کی ایڑی بائیں جوتے کی ایڑی سے زیادہ لمبی ہے۔"

"لمبی ہے۔" انہوں نے حیران ہو کر کہا۔

اور پھر ہم نے ایک تنکے کی مدد سے دونوں ایڑیوں کی پیمائش کی۔ واقعی دائیں ایڑی لمبائی میں زیادہ تھی، اگرچہ یہ اونچائی میں زیادہ ہوتی تو ہم سوچ سکتے تھے کہ شاید مہمان کی ایک ٹانگ دوسری ٹانگ کے مقابلے میں چھوٹی ہے، لیکن ایڑی تو لمبائی میں زیادہ تھی اور یہ واقعی بہت عجیب بات تھی۔

"اور جہاں تک میرا خیال ہے، لمبی ایڑی والا جوتا دوسرے سے کچھ وزنی بھی ہے۔" میں نے دونوں جوتوں کو ہاتھوں میں تولتے ہوئے کہا۔

اب سب نے باری باری دونوں جوتوں کو ہاتھوں میں لے کر دیکھا۔ آخر امی جان بولیں:

"اس طرح صحیح اندازہ نہیں لگایا جا سکتا۔ کیوں نہ ہم دونوں کو ترازو میں تول کر

دیکھ لیں۔"

تجویز معقول تھی۔اس لیے فوراً باورچی خانے سے ترازو لائی گئی۔دونوں جوتوں کو ایک ایک پلڑے میں رکھا گیا اور یہ دیکھ کر سب حیران رہ گئے کہ دائیں پیر کا جوتا وزنی تھا۔

ہم نے اس جوتے کو اٹھالیا اور باری باری غور سے دیکھنے لگے۔آفتاب کو اس جوتے میں اندر کی طرف ایک کیل تلے کے ساتھ لگی ہوئی نظر آئی۔اس نے اس کیل کو کھینچا تو وہ آسانی سے کھنچتی چلی آئی، اور اس کے ہاتھ میں آگئی۔ہم اسے حیرت زدہ نظروں سے دیکھ رہے تھے کہ کوئی چیز فرش پر گری۔چونک کر نیچے دیکھا تو وہ جوتے کی ایڑی کا ایک حصہ تھا۔ہم دھک سے رہ گئے۔جس جگہ سے وہ حصہ الگ ہو کر گرا تھا، وہ اب ایک ننھا سا خانہ نظر آرہا تھا۔اس خانے میں فولاد کی بنی ہوئی ایک چھوٹی سی ڈبیا موجود تھی۔ہم نے جوتے کو اٹھایا تو وہ ڈبیا بھی نیچے آرہی۔

بے چینی کے عالم میں امی جان نے ڈبیا اٹھالی اور اسے کھول کر دیکھا۔اس میں ایک کاغذ تہ کیا ہوا موجود تھا۔کاغذ نکال کر اسے کھولا۔اس کاغذ پر انگریزی میں کچھ لکھا تھا۔ہم سب اسے پڑھنے کے لیے جھک گئے۔ہم اس قدر حیرت زدہ تھے کہ ایک بار پھر ہمارے سر آپس میں زور سے ٹکرائے مگر ہم نے پروانہ کی اور کاغذ پر لکھی ہوئی تحریر پڑھنے لگے۔

جوں جوں پڑھتے جا رہے تھے، ہماری حیرت بڑھتی جارہی تھی۔مہمان کے بارے میں ہمیں بہت کچھ معلوم ہو چکا تھا۔مہمان دراصل ہمارے ملک کے ایک جاسوس تھے جو دشمن ملک میں جاسوسی کے لئے آج سے بیس سال پہلے بھیجے گئے

تھے۔ بیس سال تک یہ اس ملک میں جاسوسی کرتے رہے اور وہاں کی خبریں اپنے ملک کو بھیجتے رہے۔ ان کا نام سرفراز احمد لکھا تھا۔

اس کا مطلب یہ تھا کہ اب ہم اپنے مقصد میں کامیاب ہو گئے تھے اور سو روپے جیت چکے تھے۔ ہم سب اپنی اپنی جگہ خوش تھے۔ جوتے کو اسی طرح فٹ کر کے اس کی جگہ پر رکھ کر ہم واپس آ گئے تھے۔ اب ہم نے بیگ کو دیکھنے کی ضرورت نہیں سمجھی تھی۔ سب کے ساتھ اگرچہ میں بھی بہت خوش تھا، لیکن کوئی بات رہ رہ کر مجھے پریشان کر رہی تھی۔ وہ کیا بات تھی، یہ میں خود بھی نہیں جانتا تھا۔ میرا ذہن بری طرح الجھا ہوا تھا اور میں سوچ میں گم تھا۔ سب کے سونے کے بعد بھی میں جاگ رہا تھا۔ مہمان اور ابا جان بھی نہ جانے کب کے واپس آ کر سو چکے تھے۔ ایک میں تھا جو جاگ رہا تھا۔ میرا دل کہہ رہا تھا کہ اگرچہ ہم نے مہمان کے بارے میں بہت کچھ معلوم کر لیا ہے، لیکن ابھی کوئی بہت ہی اہم بات رہتی ہے۔ اب نہ جانے وہ اہم بات کیا تھی۔ میں سوچتا رہا۔۔۔۔ سوچتا رہا۔ آخر میرے ذہن میں ایک سوال پیدا ہوا اور وہ یہ تھا: "آخر مہمان کا ابا جان سے کیا تعلق ہے۔"

اس سوال کے ذہن میں آتے ہی میں نے کچھ سکون محسوس کیا جس کا مطلب یہ تھا کہ یہی وہ بات ہے جو مجھے پریشان کر رہی تھی۔ اب مجھے اس بات کا جواب تلاش کرنا تھا۔

میں غور کرتا رہا۔ اس سلسلے میں میں نے مہمان کے بارے میں سوچا، ان کی شکل و صورت کے بارے میں سوچا اور بھی کئی طرح سے اپنی کوشش کی۔ پھر اچانک میں بہت زور سے اچھلا۔

میں نے ایک بہت اہم بات معلوم کر لی تھی۔

دوسرے دن ناشتے کی میز پر ہم نے اعلان کیا کہ ہم مہمان کے متعلق بہت کچھ معلوم کر چکے ہیں۔ مہمان یہ سن کر چونکے۔

"کیا آپ بالکل سچ کہہ رہے ہیں۔"

"جی ہاں! اگر آپ اجازت دیں تو ہم بتانا شروع کریں۔"

"ضرور ضرور۔ میری طرف سے اجازت ہے۔" انہوں نے خوش ہو کر کہا۔

"اچھا تو سنیے۔۔۔" امی جان نے کہنا شروع کیا: "آپ کا نام سرفراز احمد ہے۔"

"ارے!" مہمان اچھل پڑے۔

"جی ہاں۔ کیا یہ غلط ہے؟" امی جان نے پوچھا۔

"نہیں، یہ بالکل ٹھیک ہے۔ اچھا اور کچھ؟" انہوں نے پوچھا۔

"جی ہاں! آپ ہمارے ملک کے خفیہ جاسوسی کے محکمے سے تعلق رکھتے ہیں اور آپ کو آج سے بیس سال پہلے دشمن ملک میں جاسوسی کے فرائض سرانجام دینے کے لیے بھیجا گیا تھا۔ آپ وہاں بیس سال تک یہ کام کرتے رہے ہیں اور وہاں کے ایک شہری کی حیثیت سے رہتے رہے ہیں۔ کیا یہ غلط ہے؟"

"نہیں بھئی۔ کمال ہے۔ یہ تو آپ نے بالکل ٹھیک بات بتائی ہے۔ اور کچھ؟" انہوں نے کہا۔

"اور کچھ کیا۔ سب کچھ تو بتا دیا۔" امی جان بولیں۔

"ہاں! یہ بات ٹھیک ہے۔ آپ لوگ سو روپے کا انعام جیت چکے ہیں۔ یہ لیجیے۔" انہوں نے کہا اور جیب میں سے سو روپے نکال کر ہماری طرف بڑھائے۔

"ٹھہریئے چچا جان! یہ ٹھیک ہے کہ ہم آپ کو بہت کچھ بتا چکے ہیں اور سو روپے کے انعام کے حق دار بن گئے ہیں، لیکن ابھی ایک بات رہتی ہے۔ اگر اجازت ہو تو وہ بھی بتادوں۔"

ابا جان اور مہمان کے ساتھ میرے بہن بھائیوں اور امی جان نے بھی مجھے حیران ہو کر دیکھا، کیونکہ ان کے خیال میں تو جس قدر بات ہم نے معلوم کی تھی، وہ امی جان بتا چکی تھیں۔

"اگر کچھ اور بتانا باقی ہے تو ضرور بتائیں۔" مہمان بولے۔

"تو سنیے۔ آپ ہمارے چچا جان ہیں۔" میں نے ایک دم کہا۔

"ہاں بھئی۔ وہ تو میں ہوں ہی۔" مہمان نے ہنس کر کہا۔

"یہ تم نے کون سی نئی بات بتائی۔۔۔ ظاہر ہے کہ ابا جان کے دوست ہمارے چچا جان ہی ہوں گے۔"

"اور کیا۔۔۔ ہم سمجھے تھے، تم کوئی حیران کر دینے والی بات بتانے چلے ہو۔" امی جان نے مجھے گھور کر کہا۔

"لائیے چچا جان۔ اب ہمارا انعام۔" اخلاق بولا۔

"ٹھہرو بھئی۔" میں نے جلدی سے کہا۔ "آپ لوگ میرا مطلب نہیں سمجھے۔ میرا کہنے کا مطلب یہ تھا کہ چچا جان واقعی ہمارے چچا جان ہیں۔" آخر میں نے کہا۔

"چچا جان واقعی ہمارے چچا جان ہیں۔ کیا مطلب؟" آفتاب نے حیران ہو کر کہا اور سب چونک کر مجھے گھورنے لگے۔

"جی ہاں، یہ ہمارے سچ مچ کے چچا جان ہیں!"

"بھئی صاف صاف کہو۔ تم کیا کہنا چاہتے ہو۔" امی جان نے تنگ آکر کہا۔

میں نے جیب سے وہ تصویر نکالی جو چچا جان کے پرس میں سے نکلی تھی اور جس میں دو بچے ہاتھ پکڑے کھڑے تھے۔ میں نے ان سب کو یہ تصویر دکھاتے ہوئے کہا:

"یہ دیکھئے۔ یہ چچا جان کے بچپن کی تصویر ہے۔ اس تصویر میں آنکھوں کو غور سے دیکھیں، بھوری ہیں نا، اور بھنویں ناک کے اوپر آکر مل گئی ہیں۔ یہی چیز دوسرے بچے کی تصویر میں ہے۔ اب ذرا ابا جان اور چچا جان کی آنکھوں اور بھنوؤں کو غور سے دیکھیں۔" یہ کہہ کر میں خاموش ہو گیا۔

سب نے ابا جان اور چچا جان کی طرف دیکھا اور پھر اچھل پڑے۔ دوسری طرف ابا جان اور چچا جان مسکرائے جا رہے تھے۔

"تم لوگ جیت گئے۔ یہ بالکل ٹھیک ہے کہ یہ تمہارے سگے چچا ہیں۔ ان کے بارے میں میں نے تمہیں آج تک اس لیے نہیں بتایا تھا کہ یہ معاملہ بہت ہی رازدارانہ تھا۔

***

۳

خوفناک دھماکہ

حماد ظہیر

تصدیق ہو چکی تھی اور اب شبہ کی کوئی گنجائش نہیں تھی۔ حکومت نے ان کو بیس منٹ کے اندر اندر شہر سے بہت دور نکل جانے کا حکم دیا تھا، کیونکہ وہ اس کے نزدیک بہت اہم شخصیت تھے، لیکن پروفیسر ثعبان کیلئے ان کا یہ آبائی شہر اور اس کے شہری ان کی اپنی جان سے کہیں زیادہ اہم تھے۔

ان کا دل چاہ رہا تھا کہ وہ چیخ چیخ کر سارے شہر کو بتا دیں کہ کچھ ہی دیر میں یہاں قیامت آنے والی ہے۔ ان کے شہر پر ایٹم بم مارا جا چکا ہے جو زیادہ سے زیادہ آدھے گھنٹے میں شہر پر گر چکا ہو گا اور سب کچھ تہس نہس کر چکا ہو گا۔ لیکن انہیں پتا تھا کہ اس خبر سے سوائے ہلچل اور ہڑبونگ مچنے کے اور کچھ نہ ہو گا۔ دو کروڑ کی آبادی کے شہر میں سے لوگ فوراً بھی نکل پڑیں تو ایک گھنٹہ میں بھی شہر سے باہر نہ پہنچ سکیں گے۔

پروفیسر ثعبان کیلئے بھی شہر سے باہر نکلنا آسان ثابت نہ ہوتا، لیکن حکومت نے ان کی قدر جانتے ہوئے ایئرپورٹ پر خصوصی احکامات دے دیئے تھے۔ اس

سب کے باوجود پروفیسر کا یہاں سے بھاگنے کا کوئی ارادہ نہ تھا۔ وہ اپنے شہر کو، اس کی گلیوں بازاروں کو، اس کے لوگوں کو آخری مرتبہ ٹھیک سے دیکھ لینا چاہتے تھے اور پھر انہی کے ساتھ انہوں نے اپنے انجام کو بھی منسوب کر دیا تھا۔

"جو پورے شہر کے ساتھ ہوگا، وہی میرے بھی ساتھ ہوگا۔ آسان موت، تکلیف دہ موت یا ہمیشہ کی معذوری!" وہ بڑبڑائے، اور اپنی تجربہ گاہ سے پیدل ہی باہر نکل پڑے۔

پروفیسر ثعبان ملک کے قابل ترین آدمیوں میں سے ایک تھے۔ نیوکلیئر فزکس اور جوہری توانائی ان کا شعبہ تھا اور اس میں ان کا ایک خاص مقام تھا۔ یوں تو وہ درس و تدریس سے منسلک تھے لیکن ساتھ ساتھ ریسرچ سے بھی وابستہ تھے۔ پندرہ برس پہلے گیارہ ستمبر کے واقعات کے بعد جب پاکستانی طلبہ پر یہ مضامین پڑھنے پر پابندی لگی تو انہوں نے تہیہ کر لیا تھا کہ وہ اپنی معلومات کو نئی نسل میں منتقل کرنے پر پورا زور لگا دیں گے اور ساتھ ساتھ خود بھی اس میں آگے بڑھنے کی جدوجہد میں لگے رہیں گے اور اسی وجہ سے ایٹم بم کو بہتر سے بہتر بنانے میں ان کا بھی اہم کردار تھا۔

انہوں نے شوقیہ طور پر اپنے گھر کی چھت پر ایک کمرے میں ایٹمی سنسر بھی نصب کیا ہوا تھا، جو کئی سو کلومیٹر کے فاصلے تک موجود کسی بھی ایٹمی مادے کی نشاندہی کر سکتا تھا۔ اس بات کو ان کے ایک دو قریبی شاگردوں کے اور کوئی نہیں جانتا تھا۔

ابھی چند ہی منٹ پہلے وفاقی دارالحکومت سے فون آیا تھا کہ شہر کو کوئی شدید

خطرہ ہے اور یہ کہ وہ بیس منٹ کے اندر اندر کسی بھی طرح شہر سے بہت دور نکل جائیں۔

"حتیٰ کہ اگر آپ کو ایئرپورٹ قریب پڑے تو اس کیلئے بھی احکامات جاری کر دیئے گئے ہیں کہ وہ آپ کو روانہ ہونے والی پہلی فلائٹ میں جگہ دے دیں گے۔"

"مگر کیوں۔۔۔ آخر ایسا کیا ہو گیا ہے۔" پروفیسر ثعبان نے الجھن کے عالم میں پوچھا۔

فون کے دوسری طرف پروفیسر نوید تھے جن سے پروفیسر ثعبان کی بہت اچھی جان پہچان تھی۔

"دیکھو ثعبان یہ وقت ان باتوں کا نہیں، تم میری بات پر یقین کرو۔" پروفیسر نوید بولے۔

"تم بتاؤ گے نہیں اصل بات، تو میں نہ یقین کروں گا نہ عمل۔" پروفیسر ثعبان نے دوٹوک لہجہ میں کہا۔

"ٹھیک ہے پھر میں بحث میں وقت ضائع نہیں کروں گا۔ بھارت نے کراچی پر ایٹم بم مار دیا ہے۔ جو ایک گھنٹہ کے اندر اندر تمہارے شہر کو تباہ و برباد کر چکا ہو گا۔ تمہارے علاوہ اور بھی اہم شخصیات کو شہر چھوڑنے کا حکم دے دیا گیا ہے۔" پروفیسر نوید نے انتہائی سنجیدگی سے کہا۔

"بکو مت۔۔۔ اس قسم کا مذاق تمہیں زیب نہیں دیتا۔" پروفیسر ثعبان پھٹ پڑے۔

"تم جو بھی سمجھو، یہ حقیقت ہے۔ ہم سمجھ رہے تھے کہ بم لاہور یا اسلام آباد

پر مارا جائے گا۔ لیکن یہ تقریباً لاہور کے اوپر سے گزرتا ہوا سیدھا کراچی کی طرف جارہا ہے۔"

"تم مجھے الو نہیں بنا سکتے، نوید! کیا مجھے نہیں پتا ہماری حکومت کے دفاعی انتظامات کا۔" پروفیسر ثعبان کھوکھلی ہنسی ہنس کر بولے۔

"ہاں ۔۔۔ ہاں ۔۔۔ ذرا میں بھی تو سنوں کیا انتظامات تھے، یہی ناں کہ اگر بھارت نے بم مارا تو ہم بھی جواباً ایک بم مار دیں گے۔" پروفیسر نوید کے لہجہ میں افسوس کے ساتھ ساتھ طنز کا عنصر بھی شامل تھا۔

"تو کیا ہم نے بم مار دیا؟"

"نہیں ۔۔۔ حکومت کا خیال ہے اس طرح بڑے پیمانے پر تباہی پھیلے گی اور مکمل جنگ کا نقشہ کھینچ جائے گا۔"

"تو کیا حکومت کو اپنے دو کروڑ عوام کا کچھ احساس نہیں؟"

پروفیسر ثعبان ششدر رہ گئے۔

"حکومت سمجھتی ہے کہ ان دو کروڑ کی قربانیوں سے ہم ساری دنیا کی حمایت اور ہمدردیاں حاصل کر سکیں گے۔ اب وقت نہ میرے پاس ہے نہ تمہارے پاس۔"

پروفیسر نوید نے فون رکھ دیا۔

"کیسا گھناؤنا مذاق کیا ہے نوید نے۔ حد ہو گئی۔"

پروفیسر ثعبان کے حلق سے یہ بات اتر ہی نہ رہی تھی۔

"ارے میرا اٹامک سنسر کس دن کام آئے گا۔" وہ چونکے اور تیز تیز قدم

اٹھاتے چھت کے کمرے کی طرف بڑھنے لگے۔

وہاں پہنچ کر جب انہوں نے اپنے آلات سے جائزہ لیا تو ان کا اوپر کا سانس اوپر اور نیچے کا نیچے رہ گیا۔

لاہور کی جانب سے ایٹمی مادے کی ایک بڑی مقدار بہت تیزی سے کراچی کی طرف بڑھ رہی تھی اور یہ ایٹم بم کے علاوہ اور کچھ نہیں ہو سکتا تھا۔ عام جہاز سے یہ سفر تقریباً سوا گھنٹے کا تھا، یعنی میزائل سے یہ آدھے سے بھی کم وقت میں طے ہو جانا تھا۔

پروفیسر ثعبان کے چھکے چھوٹ گئے، انہیں اپنی زندگی کی کوئی پرواہ نہیں تھی۔ انہیں اپنے اس شہر کی پرواہ تھی جہاں وہ پیدا ہوئے تھے، جہاں ان کا بچپن گزرا تھا۔ جس کی گلی کوچوں میں وہ پل کر جوان ہوئے تھے اور جسے اب سے کچھ دیر بعد قیامت صغریٰ کا منظر پیش کرنا تھا۔ وہ اپنے گھر سے نکل کھڑے ہوئے اور ماضی کے کچھ واقعات ان کے ذہن کے پردے پر روشن ہونا شروع ہو گئے۔

ایک اسکول کی سائنسی نمائش کے موقع پر وہ مہمان خصوصی تھے۔ بچوں نے بڑی محنت سے مختلف سائنسی ماڈل اور چھوٹے چھوٹے تجربات کا مظاہرہ کیا تھا اور جسے دیکھ کر انہیں اطمینان ہو گیا تھا کہ ان کی جگہ سنبھالنے کیلئے نئی نسل میں ٹھیک ٹھاک ہنر اور جذبہ موجود ہے۔ وہ مختلف اسٹال گھومتے پھر رہے تھے کہ ایک جگہ انہیں لکھا نظر آیا۔ "نیوکلیئر اینڈ اٹامک انرجی زون!"

گو کہ انہیں پتا تھا کہ بچوں نے یہاں پر وہی نمونے رکھے ہوں گے جو میٹرک یا انٹر کی کتابوں میں دیئے گئے ہوتے ہیں۔ لیکن چونکہ یہ ان کی اپنی دلچسپی کی چیز تھی

اور ان کا شعبہ خاص تھا لہٰذا خود بخود ان کے قدم وہاں اٹھتے چلے گئے۔

وہاں پہنچ کر انہیں حیرت کا شدید جھٹکا لگا، جب انہوں نے دیکھا کہ وہاں فقط چند کاغذات یا رجسٹر کے سوا اور کچھ موجود نہیں۔

"بھئی، آپ لوگوں نے کیا بنایا ہے؟" انہوں نے پوچھا۔

"ہمارے اسٹال پر رنگ برنگی ڈرائنگ یا متحرک تماشے نہیں ہیں اس لیے اس سے کسی کو بھی دلچسپی نہیں، لیکن آپ چونکہ مہمان خصوصی ہیں، شاید اس لیے مجبوراً تشریف لے آئے ہیں۔" ایک لڑکے نے دل جلے انداز میں کہا۔

"نہیں سر! اس کی بات کا برا مت مانئیے گا۔ ہم نے دراصل ایک نئے نظریہ پر کچھ کام کیا ہے۔" فوراً ہی ایک دوسرا لڑکا خوش اخلاقی سے بولا۔

"کس نظریہ پر بھئی؟" پروفیسر ثعبان نے پوچھا۔

"سر ایٹم بم انسانوں کو ہلاک کرتا ہے، ہم نے ایٹم بم کو ہلاک کرنے کی ٹھانی ہے!"

پروفیسر ثعبان نے سوچا یہ ضرور سر پھرے لوگ ہیں۔ ان سے کچھ اور نہیں ہو سکا تو یوں ہی ہوا میں تیر چلا رہے ہیں۔

ان کی خاموشی پر اس لڑکے کی ہمت بڑھی اور وہ دوبارہ بولا۔

"سر ہم نے ابتدا میں تین چار زاویوں سے سوچا۔ ایک یہ کہ ہم ایٹم بم لانے والے میزائل ہی کو راستے میں روک لیں یا تباہ کر دیں، لیکن ایسا کرنے سے بم ٹارگٹ تک تو نہیں پہنچے گا، مگر پھٹے گا ہمارے ہی کسی علاقے میں۔

دوسری ترکیب یہ تھی کہ میزائل کو ہم سمندر کا راستہ دکھا دیں تاکہ وہ گرے

اور پھٹے تو سمندر میں، لیکن اس میں خطرہ یہ ہے کہ بم راستے ہی میں پھٹ سکتا ہے کیونکہ سمندر تک لے جانے کیلئے وقت بہت چاہیے اور اگر سمندر ہی میں گرا تو بھی تابکاری کے بیشتر اثرات ہم تک واپس لوٹ آئیں گے۔

تیسری بات جو کہ تقریباً ناممکن ہے وہ یہ کہ ہم میزائل کا رخ واپس دشمن کی طرف موڑ دیں، کیونکہ آپ جانتے ہی ہوں گے کہ میزائل کو یکایک صرف نوے ڈگری تک موڑا جا سکتا ہے اور ۱۸۰ ڈگری تک کئی ٹکڑوں میں موڑنے تک میزائل اتنا دور نکل چکا ہو گا کہ اس میں ایندھن باقی نہیں بچے گا اور اگر اس کیلئے ہم اپنا ایک اور میزائل ماریں تو اس کو نہ صرف پچھلا میزائل الگ کرنا پڑے گا بلکہ وار ہیڈ کو دوبارہ سے تھامنے کیلئے ٹھیک ٹھاک وقت بھی درکار ہو گا۔"

لڑکا تقریر کے دوران سانس لینے کیلئے رکا تو پروفیسر ثعبان کے چہرے پر مسکراہٹ کھیل گئی۔ انہیں یہ بچکانہ باتیں اور یہ معصوم خیالات سننے میں بڑا مزہ آرہا تھا۔ لڑکا پھر شروع ہو گیا۔

"ابھی تک ہم میزائل ٹیکنالوجی کے بارے میں سوچ رہے تھے، پھر ہم نے سوچا کیوں ناں ہم جوہری توانائی پر کام کریں۔"

باقی لڑکوں نے دیکھا کہ مہمان خصوصی توجہ کر ان کی باتوں کو سن رہا ہے تو وہ سب بھی دلچسپی لینے لگے اور کوئی پرچہ اٹھائے کوئی قلم سنبھالے رجسٹر کھول کر، مختلف چیزیں ان کے آگے کرنے لگے۔

"سر بہت غور وخوص کے بعد ہم نے یہ پلان مرتب کیا ہے کہ ہمیں ایٹم بم کی نہ صرف بے انتہا توانائی کو جذب کرنا ہو گا بلکہ ان نیوٹرانز کو بھی قید کرنا ہو گا جو کہ

اس سارے فساد کی اصل جڑ ہیں!"

اس لڑکے کا اندازِ بیاں ایسا تھا کہ پروفیسر ثعبان اس کو روک نہیں پا رہے تھے، ورنہ وہ اس کو یہ کہنے کیلئے بے چین تھے کہ

"میاں، ذرا ویڈیو گیمز کم کھیلا کرو، یہ پزل یا بلاکس کا گیم نہیں ہے کہ یہاں سے توڑا اور وہاں لگا دیا۔"

"آپ کو تو پتا ہی ہو گا کہ ہائیڈروجن بم، ایٹم بم کا بھی باپ ہوتا ہے اور اس کو فقط پھاڑنے کیلئے ایک دو ایٹم بم درکار ہوتے ہیں اور اس سے نکلنے والی توانائی سے کئی بڑے بڑے شہر دس دس سال تک بجلی حاصل کر سکتے ہیں۔ ہم نے اس کو الٹ کر دیا یعنی بجائے ہم دو ہائیڈروجن ہم جا(Isotopes) سے ہیلیئم گیس، نیوٹران اور توانائی بنائیں۔ ہم دو چیزیں ایٹم بم سے لے کر ہیلیئم گیس سے اس طرح تعمل کرائیں گے کہ دو ہائیڈروجن ایٹم کے ہم جا بن جائیں یعنی ڈیوٹوریم اور ٹرائی ٹیم!"

اس کے ساتھ ہی لڑکوں نے انہیں مختلف اشکال اور حساب کتاب دکھانا شروع کر دیا۔

"ارے لڑکو! خوابوں کی دنیا سے نکل آؤ، یہ تم لوگوں نے کن خطوط پر سوچنا شروع کر دیا، ان پر تو ابھی شاید جی۔ ایٹ نے بھی نہ سوچا ہو گا۔"

ایک لڑکا چراغ پا ہو کر آگے بڑھا اور جذباتی انداز میں بولا۔

"جی ایٹ آپ سے پوچھ کر سوچتے ہیں، یا جو سوچتے ہیں آپ کو اس کی اطلاع دے دیتے ہیں اور وہ لوگ غیر مسلم ہیں، زیادہ سے زیادہ تباہی کا سوچتے ہیں۔ ہم مسلمان ہیں، ہمیں زیادہ سے زیادہ امن کا سوچنا چاہیئے۔

وہ سوچتے ہیں کہ اگر ان کے سو مریں تو دشمن کے دو سو، جبکہ ہم سوچتے ہیں کہ ہمارے سو بھی نہ مریں۔"

"ہونہہ!" پروفیسر حقیقت میں واپس لوٹ آئے۔

"ہم سوچتے ہیں کہ ہمارے دو کروڑ مر جائیں اور دشمن کا ایک بھی نہ مرے، تاکہ ہمدردیاں اور حمایت حاصل ہو جائے۔" وہ بڑبڑائے۔

"اس کے ذمہ دار تم ہو پروفیسر، تم نے اس تباہی کی دوڑ میں ہمیشہ آگی ہی جانے کی سوچی اور اگر کسی نے اس کا سدباب کرنا چاہا تو تم نے اسے مذاق میں اڑایا۔" ضمیر کی آواز آئی۔

"کاش۔۔۔ اے کاش میں نے ان بچوں کی بات پر کان دھرا ہوتا۔ شاید کچھ ہو جاتا، تو آج یہ دن نہ دیکھنا پڑتا۔" انہوں نے سوچا۔

راستے میں انہیں ایک فقیر ملا جسے وہ روز بھیک نہ مانگنے پر ایک لیکچر سناتے تھے۔ انہوں نے جیب میں ہاتھ ڈالا اور یہ دیکھے بغیر کہ کونسا نوٹ ہے، فقیر کو تھما دیا۔ وہ حیرت سے کبھی انہیں اور کبھی اس نوٹ کو دیکھ رہا تھا۔

"تھوڑی دیر کیلئے خوش ہو جاؤ۔ یہ نوٹ نہ تمہارے کام آنا ہے نہ میرے۔" انہوں نے سوچا۔

پھر ان کا رخ بازار کی طرف ہو گیا۔ بھانت بھانت کی بولیاں چل رہی تھیں۔ دکانداروں اور خریداروں میں بحث چل رہی تھی، انہیں اس منظر اور اس ماحول سے بڑی کوفت ہوتی تھی، مگر آج انہیں یہ بہت اچھا لگ رہا تھا۔

ان کا دل چاہا کہ یہ منظر یوں ہی رک جائے اور ہمیشہ کیلئے ان کی آنکھوں میں

بس جائے۔ یہ محنت کش لوگ دھول مٹی اور گرمی میں رزق حلال کیلئے کوشاں لوگ۔ انہیں لگا کہ ان کے ماتھوں پر پسینے کے قطرے نہیں بلکہ موتی چمک رہے ہوں۔ وہ اشیاء کے نام اور قیمتوں کی صدا لگانے کے بجائے سریلے گیت گا رہے ہوں اور کچھ ہی دیر بعد یہ نہیں ہوں گے۔ ان کا کوئی نام لیوا نہیں ہوگا۔ سالوں سے یہاں جو منظر ہوا کرتا تھا، اس کی جگہ ویرانی اور وحشت لے لے گی، برسوں تک کوئی یہاں سے گزرے گا بھی نہیں۔ کوئی تصور بھی نہ کر سکے گا کہ کیسے کیسے دل والے یہاں بسا کرتے تھے۔

پروفیسر ثعبان کا دل بھر آیا۔ وہ آہستہ آہستہ قدم اٹھاتے آگے بڑھے۔

"ارے پروفیسر، اس وقت کیسے آگئے؟ آج، دو ہفتے سے اپنی پسند کی چیزیں لے جا رہے ہو، آج ہماری پسند کی لے جانی پڑے گی۔" ایک دکاندار نے صدا لگائی۔

پروفیسر زبردستی مسکرائے اور اثبات میں سر ہلا دیا۔

"واہ بھئی واہ! اتنی آسانی سے مان گئے، بھئی آج سورج کہاں سے نکلا ہے؟"

"تم خوش رہو۔" انہوں نے کہنا چاہا لیکن زبان نے ان کا ساتھ نہ دیا۔

وہ آگے بڑھتے رہے۔ موت کو اتنا قریب دیکھ کر انہیں ساری دنیا ہی بدلی بدلی نظر آ رہی تھی۔ لوگ اپنے کاروبار اور لین دین میں مگن تھے، اپنے انجام سے بے پرواہ۔

انہوں نے سوچا کہ زور زور سے کلمہ طیبہ کا ورد شروع کر دیں مگر ان کی آواز ان کے حلق میں پھنس کر رہ گئی۔ انہوں نے سوچا کہ کاش وہ لڑکے انہیں دوبارہ سے مل جائیں تو وہ ان سے کہیں کہ

"تم لوگ صحیح تھے۔ ٹھیک سوچ رہے تھے۔ تم کم عمر ہو مگر بچے نہیں ہو۔ تم لوگ جو کچھ سوچتے ہو اس کو ضائع مت کرو۔ تم سب کچھ کر سکتے ہو۔ اپنے آئیڈیے پر محنت کرو۔ اپنے خواب کو تعبیر دو۔ کوئی نئ چیز ایجاد یا دریافت کرنے کیلئے ڈاکٹر یا پروفیسر ہونا ضروری نہیں ۔ اپنی صلاحیتوں کو سمجھ اور صحیح استعمال کرو، چاہے اسکول میں ہو، چاہے کالج میں یا چاہے یونیورسٹی میں۔"

"پروفیسر ثعبان نے وقت دیکھا، چند ہی منٹ رہ گئے تھے، ان کا دماغ سائیں سائیں کرنے لگا۔ جسم لرزنے لگا۔ کان کسی بھی لمحے ہونے والے ایک زوردار دھماکے کے منتظر تھے اور پھر آہستہ آہستہ ان کا ذہن تاریکیوں میں ڈوبتا چلا گیا۔

پروفیسر ثعبان کی آنکھ کھلی تو انہیں ایک نرس کی صورت نظر آئی۔

"مم۔۔۔ میں کہاں ہوں؟"

"آپ ہسپتال میں ہیں پروفیسر۔"

"میرا مطلب ہے کس شہر میں ہوں۔ کراچی کا کیا حال ہے؟" وہ جلدی جلدی بولے۔

"میرا خیال ہے شاید ذہنی توازن کھو بیٹھے ہیں۔" نرس نے کسی سے سرگوشی کی۔

"کراچی کا کیا حال ہے؟" پروفیسر حلق کے بل دھاڑے۔

"اس کے شہریوں کا کیا حال ہے؟"

"جج جی۔۔۔ کراچی بالکل خیریت سے ہے، اس کے سب شہری بھی بالکل خیریت سے ہیں۔" نرس سہم کر بولی۔

"نوید کا نمبر ملاؤ۔۔۔ پروفیسر نوید، منسٹری آف۔۔۔"

وہ جلدی جلدی بولے۔

"ایٹم بم کا کیا ہوا؟" رابطہ ملتے ہی وہ بولے۔

"کونسا ایٹم بم؟" پروفیسر نوید حیرانی سے بولے۔

"وہی جو کراچی کی طرف آرہا تھا۔"

"ارے وہ۔۔۔ وہ تو ایٹمی مادہ تھا جو نیوکلیئر پلانٹ کیلئے جارہا تھا۔ ہم کو تم نے اپنے اٹامک سنسر کے بارے میں بتایا ہی نہیں۔ ہمیں کہیں اور سے پتا چلا تو سوچا چلو تمہارے ساتھ اٹھ کھیلی کریں۔۔۔" پروفیسر نوید مزے لے لے کر کہہ رہے تھے جبکہ پروفیسر ثعبان خدا کا شکر ادا کر رہے تھے کہ انہیں نئی نسل تک اپنی حسرتیں اور پیغام پہنچانے کا موقع مل گیا!

***

۴

ٹائم مشین

مصنف: ایچ۔ جی۔ ویلز، مترجم: محمد عامر رشید

میری کہانی ناقابل یقین لگتی ہے، لیکن اس کا ہر لفظ سچ ہے۔ میں ایک سائنس دان اور موجد ہوں۔ میں وہ انسان ہوں جس نے ٹائم مشین بنائی۔ لٰہذا آپ مجھے ٹائم ٹریولر کہہ سکتے ہیں۔

سال ۱۸۹۶۔۔۔۔

ایک شام میرے کچھ قریبی دوست جو پروفیسر تھے، رات کے کھانے کے لیے گھر آئے۔ اس موقع پر میں ایک اہم اعلان کرنے والا تھا، لیکن پہلے مجھے انہیں کچھ سمجھانے کی ضرورت تھی۔

"آپ جانتے ہیں کہ ایک لکیر کی ایک جہت ہوتی ہے، جو کہ لمبائی ہوتی ہے۔ ایک مربع کی دو جہتیں ہوتی ہیں۔ لمبائی اور چوڑائی۔ ایک مکعب کی تین ۔۔۔۔۔ لمبائی، اونچائی اور موٹائی ہوتی ہے، لیکن ایک مکعب کا وجود کچھ وقت تک رہتا ہے۔ اس لیے وقت چوتھی جہت ہے۔" میں نے کہا۔

میرے دوست مجھے عجیب نظروں سے دیکھ رہے تھے۔

میں نے جاری رکھا۔ "جیسا کہ حال ہی میں دریافت ہونے والی تیسری جہت، ہم نے وقت کی چوتھی جہت سے ماضی یا مستقبل میں سفر کرنے کی کوشش نہیں کی ہے۔"

میرے دوستوں نے مجھے کہا کہ پاگلوں کی طرح بات نہ کریں۔ وقت میں سفر کرنا ناممکن ہے۔ لیکن میں ان کے جوابات کے لیے تیار تھا۔ میں نے انہیں اپنی ایجاد کا ایک چھوٹا سا ماڈل دکھایا۔

ٹائم ٹریولنگ مشین۔۔۔

میرے دوستوں نے بے اعتباری سے اسے دیکھا۔

میں نے اپنے دوستوں سے کہا کہ وہ ماڈل کو قریب سے دیکھیں۔ ایک سیاہ لیور کی طرف اشارہ کرتے ہوئے، میں نے کہا۔ "یہ لیور روکنے کے لیے ہے۔ یہ چھوٹا سفید لیور مستقبل کے سفر کے لیے ہے۔ آپ کو اسے دبانا ہوگا۔"

پھر میں نے لیور دبایا۔ ماڈل ہوا میں غائب ہو گیا۔۔۔ میرے ساتھی حیران تھے۔ "اب یہ مستقبل میں ہے۔" میں نے فاتحانہ انداز میں کہا اور ان کے چہروں پر ناقابل یقین انداز دیکھ کر مسکرا دیا۔ لیکن میرے دوست یقین نہیں کر رہے تھے۔ ان کا کہنا تھا کہ میں نے ایک سستی چال کا مظاہرہ کیا ہے جو کوئی بھی جادوگر کر سکتا ہے۔ پھر میں انہیں اپنے لیبارٹری میں لے گیا۔

میں نے انہیں اپنی مکمل سائز کی ٹائم مشین دکھائی۔ "مجھے صرف ایک چھوٹی سی پریشانی کو حل کرنا ہے۔ پھر میں اس مشین کو مستقبل میں سفر کرنے کے لیے استعمال کر سکتا ہوں۔ یہ ڈائل ان دنوں، ہفتوں، مہینوں اور سالوں کی نشاندہی

کریں گے جن میں میں ماضی یا مستقبل میں سفر کروں گا۔"

میرے ساتھیوں نے طنزیہ انداز میں کہا۔ "آپ ایک کہانیاں لکھنے والے کی طرح لگتے ہیں، موجد نہیں۔ اب ہمیں اجازت دیں۔"

یہ کہتے ہوئے وہ اپنے ہیٹ پہن کر چلے گئے۔ میں ان سے ناراض نہیں تھا۔ میں جانتا تھا کہ انہیں میرے تصور کو سمجھنے کے لیے وقت درکار ہے مگر ان کے رد عمل نے مجھے کم از کم حوصلہ نہیں دیا۔

اگلے دن، میں نے اپنی مشین تیار کرلی اور ڈائلز کو صفر پر سیٹ کر دیا۔ پھر میں نے اسٹارٹ بٹن دبایا۔ میں اپنے ساتھیوں کے سامنے اپنے آپ کو ثابت کرنا چاہتا تھا اور ایجاد کو خود جانچنے سے بہتر اور کیا طریقہ ہے؟ میں نے محسوس کیا کہ میں ایک عجیب اور رنگین کائنات سے گزر رہا ہوں۔ میرا جسم ہل رہا تھا اور مشین زور سے لرز رہی تھی۔

میرا سر گھومنے لگا۔ تھوڑی دیر کے بعد یہ رک گیا اور میں ارد گرد دیکھنے کے قابل ہوا۔ میں نے حیرت سے دیکھا کہ میں جس عمارت میں رہتا تھا اسے مسمار کیا جا رہا ہے۔ اگرچہ میں ٹائم مشین کے اندر بے حرکت تھا مگر خود کو کھلی ہوا میں محسوس کر رہا تھا۔ یہ مجھ پر عیاں ہونے لگا کہ لندن اس سے بالکل مختلف نظر آئے گا جو میں مستقبل میں جانتا ہوں۔ دن تیزی سے گزر رہے تھے۔ سورج اور چاند زمین کے گرد چکر لگاتے ہوئے روشنی کی لمبی لکیروں سے ملتے جلتے تھے۔

کچھ دیر بعد میں نے دیکھا کہ جس جگہ پر میرا گھر کھڑا تھا، وہ اب ایک پارک ہے۔ درخت جھاڑیوں کی طرح تیزی سے پھوٹ پڑے۔ سال حیرت انگیز رفتار

سے گزرتے رہے۔ پھر میں نے ایک مستقبل کا شہر دیکھا جس میں خوبصورت ٹاورز تھے۔ لیکن جب میں اگلے ٹائم زون میں داخل ہوا تو یہ تیزی سے غائب ہو گیا۔ مستقبل کے بڑے شہر میرے سامنے ظاہر ہوئے۔ اکیسویں صدی کا شہر ایک بہت بڑی عمارت تھی لیکن تیسویں صدی میں برفانی دور نے اسے تباہ کر دیا۔

کئی صدیوں بعد، برف پگھل گئی اور ایک تیرتا ہوا شہر تعمیر کیا گیا۔ پچیسویں صدی میں، بڑی جھیل غائب ہو گئی۔ لوگ زمین کے نیچے غاروں میں رہنے لگے تھے۔۔۔ اچانک میں نے محسوس کیا کہ میں ٹائم مشین سے باہر گرتا جا رہا ہوں۔ اور پھر میں خلا سے نکل کر نرم زمین پر زور سے گر گیا۔ ایک گرج چمک تھی اور میری ٹائم مشین الٹ چکی تھی مگر خوش قسمتی سے کوئی نقصان نہیں ہوا تھا۔

طوفان کافی شدید تھا۔ میں بارش سے مکمل طور پر بھیگ چکا تھا۔ آسمانی بجلی کی چمک نے زمین کو روشن کیا تو میں پناہ کے لیے کوئی جگہ تلاش کرنے کی امید پر چل پڑا۔ جلد ہی بارش اور ژالہ باری بند ہو گئی۔ کچھ فاصلے پر میں نے ایک عجیب سی عمارت دیکھی۔ یہ کافی بڑا تھا اور سب سے اوپر، ایک عجیب چہرے جیسا سفید مجسمہ تھا، جیسے دیوار سے نکل کر مجھے دیکھ رہا ہو۔

میں خوف سے بھرا ہوا تھا، جیسا کہ میرے ذہن میں مختلف امکانات تھے۔۔۔ اس عمارت کے مکین کون تھے؟ کیا وہ دیو کی طرح کی مخلوق تھے؟ اگر ایسا ہے تو کیا وہ مجھے نقصان پہنچائیں گے؟ اس طرح کے خیالات سے متاثر ہو کر، میں ٹائم مشین کی طرف بھاگا اور اسے سیدھا کر دیا۔ میں اس جگہ کو جتنی جلدی ہو سکے چھوڑنا چاہتا تھا۔

اتفاق سے میری نظر ڈائل پڑھنے پر پڑی۔ میں چونک گیا! میں مستقبل میں

بہت دور جا چکا تھا۔ یہ سال ۸۰۲،۷۰۱ عیسوی تھا۔

جیسا کہ میں اسٹارٹ بٹن دبانے والا تھا، میں نے آوازیں سنیں۔ وہ موسیقی کی طرح لگ رہی تھیں۔ میں نے مڑ کر مستقبل کے انسانوں پر پہلی نظر ڈالی۔ وہ بہت خوبصورت مگر کافی چھوٹے تھے۔ صرف چار فٹ لمبے۔ وہ بچوں کی طرح خوش اور معصوم نظر آ رہے تھے۔ میرا خوف ختم ہو گیا۔ مستقبل کے انسان میرے پاس آئے۔ ان میں سے ایک لڑکی نے میری گردن پر پھولوں کا ہار رکھا۔ وہ مجھے دیکھ کر بہت خوش ہوئے۔

مستقبل کے انسانوں نے مجھے گھیر لیا۔ وہ مجھے چھونے اور محسوس کرنے لگے۔ میں نے انہیں ٹائم مشین پر نگاہ ڈالتے دیکھا۔ مجھے اچانک خیال آیا۔ فرض کریں کہ وہ متجسس ہو گئے اور ڈائلوں کے ساتھ چھیڑ چھاڑ کرنا شروع کر دیا؟ ٹائم مشین سٹارٹ ہو جاتی تو پھر میں ہمیشہ کے لیے مستقبل میں پھنس جاتا۔ میں نے ڈائلز کو الگ کرنے اور انہیں اپنے پاس رکھنے کا فیصلہ کیا۔ میں نے اشاروں کی زبان کا استعمال کرتے ہوئے ان سے بات چیت کرنے کی کوشش کی لیکن وہ سمجھتے نہیں تھے۔ مستقبل کے انسان سادہ زندگی گزار رہے تھے۔

پھر وہ مجھے کھردرے پتھروں کی ایک بڑی سرمئی رنگ کی عمارت کی طرف لے گئے۔ ہم ایک بڑے ہال سے گزرے جس میں عجیب و غریب ڈیزائن کی چھت تھی۔ پھر ہم لمبے اور نسبتاً کم اونچے میزوں سے بھرے ایک بڑے ہال میں پہنچے۔ میزوں پر پھلوں سے بھرے ہوئے برتن پڑے تھے۔ یہ وہ جگہ تھی جہاں انہوں نے کھانا کھایا تھا۔ مجھے کچھ پھل پیش کیے گئے اور میں نے انہیں بہت میٹھا اور مزیدار

پایا۔ مگر ایک بات جو میں نے نوٹ کی کہ وہ گوشت نہیں کھاتے تھے۔ پھر میں اس ہال سے نکلا۔ سورج غروب ہو رہا تھا۔ ایک عجیب روشنی نے پورے منظر کو روشن کر رکھا تھا۔ یہ غیر فطری سا لگ رہا تھا۔

جیسے ہی میں سفید مجسمہ والی عمارت کی طرف آیا تو سب سے پہلی چیز جو میں نے دور سے ہی محسوس کر لی کہ ٹائم مشین اپنی اس جگہ پر موجود نہیں تھی جہاں میں نے اسے پہلے کھڑا کیا تھا۔ میں ہکا بکا رہ گیا۔ میں کافی دیر اسے تلاش کرتا رہا۔ جھاڑیوں میں ہر جگہ۔ لیکن میں اسے تلاش نہیں کر سکا۔ پھر میں نے کوئی چیز گھسیٹنے کے نشان دیکھے جو اس عمارت کی طرف جاتے تھے مگر عمارت کے اندر جانے کا کوئی رستہ نظر نہیں آ رہا تھا۔ میں نے شور مچایا۔ آوازیں دی مگر کوئی جواب نہ آیا۔ میں نے پاس گزرنے والے چھوٹے لوگوں کے گروہ سے پوچھنے کی کوشش کی کہ اس عمارت میں کس طرح جا سکتے ہیں مگر وہ خوفزدہ ہو کر دور چلے گئے۔ میں سر پکڑ کر بیٹھ گیا۔ میں یہاں مستقبل میں پھنس گیا تھا۔

اب مجھے خوف محسوس ہونے لگا۔ میں اب اپنے ٹائم زون میں کیسے واپس جاؤں گا؟ بے ساختہ میں نے مشین کی تلاش شروع کی۔ صرف تسلی یہ تھی کہ کوئی بھی اس پر سوار نہیں ہو سکتا کیونکہ ڈائل میرے ساتھ تھے۔ میری تلاش بے نتیجہ رہی اور میں نے غصہ اور مایوسی محسوس کی۔ اس رات میں مشکل سے سویا۔

اگلی صبح ذہن پر سکون تھا۔ میں نے فیصلہ کیا کہ میں اس سرزمین کے لوگوں سے دوستی کروں گا اور آہستہ آہستہ ایک اور ٹائم مشین بنانے کے لیے ضروری اوزار اور مواد تلاش کروں گا۔ اچانک چھوٹے لوگوں کا ایک گروہ میرے قریب آیا۔

میں نے اشاروں کی زبان کا استعمال کرتے ہوئے بات کرنے کی کوشش کی، لیکن میری کوششیں ان کو صرف خوش کرتی تھیں۔ کسی طرح میں نے محسوس کیا کہ ان لوگوں کا میری ٹائم مشین کی پراسرار گمشدگی سے کوئی تعلق نہیں ہے۔ لیکن پھر اور کون کر سکتا تھا اور کس وجہ سے؟ میرے پاس کوئی جواب نہیں تھا۔

ایک خوفناک چیخ سے خاموشی ٹوٹ گئی۔ میں نے دیکھا کہ ایک لڑکی دریا میں گر گئی ہے۔ اس سے پہلے کہ وہ ڈوبتی، میں نے اپنے کپڑے اتارے اور پانی میں چھلانگ لگا دی۔

میں لڑکی کو بچا کر کنارے پر لے آیا۔ میں نے نوٹ کیا کہ کنارے پر موجود کسی اور نے لڑکی کو بچانے کی کوشش نہیں کی اور وہ پریشان بھی نہیں لگ رہے تھے۔ یہ پریشان کن تھا۔ لڑکی سنبھل چکی تھی۔

"فکر مت کرو تم ٹھیک ہو۔" میں نے اسے کہا۔

مجھے لگا تھا کہ وہ مجھے نہیں سمجھے گی۔ باقی لوگوں نے اس بات کی بھی پروا نہیں کی کہ وہ بچ گئی ہے۔ اگر وہ مر گئی ہوتی تو وہ اس کی بھی پروا نہیں کرتے۔ میں نے جو کچھ کیا اس کے لیے میں نے کسی شکریہ کی توقع بھی نہیں کی تھی۔ لیکن میں غلط ثابت ہوا۔

میں ٹائم مشین کی تلاش کے لیے دوبارہ چلا گیا۔ جب میں واپس آیا تو جس لڑکی کو میں نے ڈوبنے سے بچایا تھا اس نے مجھے دو پھول پیش کیے۔ میں نے اشاروں سے اس کا نام پوچھا۔

"وینا" اس کے منہ سے نکلا۔ پھر اس نے بیٹھ کر میرے ہاتھ کو چوما۔ اس کے

بعد وہ میرے پیچھے پیچھے کسی پالتو کی طرح چل پڑی۔ میں جہاں جاتا وہ میرے ساتھ ہوتی۔

ایک رات اچانک پہاڑی کے اوپر، میں نے ایک اور مخلوق کی شکل دیکھی۔ میں جانتا تھا کہ یہ چھوٹے لوگوں میں سے نہیں ہے۔ وہ رات کو کبھی باہر نہیں نکلتے اور ایک بڑے اور بند کمرے میں سوتے تھے۔ پھر چاند بادلوں کے پیچھے سے نکلا۔ چاندنی میں وہ بندر نما انسان لگ رہا تھا۔ مجھے دیکھ کر مخلوق بھاگ گئی۔

"رک جاؤ، یہاں آؤ!" میں چلایا لیکن بیکار۔ مخلوق ایک عمارت کے پیچھے غائب ہو گئی۔

اس مخلوق سے اچانک مجھ پر یہ حقیقت کھلی کہ اس جگہ پر دو مختلف قسم کے انسان تھے۔ ایک بالائی دنیا کے خوبصورت اور بچے نما لوگ تھے۔ دوسرے بدصورت اور سفاک بندر نما آدمی تھے جو زمین کی سطح سے نیچے رہتے تھے۔ اگلی صبح میں نے چھوٹے لوگوں کو بلایا اور بندر آدمی کے بنائے ہوئے نشانات کی نشاندہی کی۔ وہ خوف سے پیچھے ہٹ گئے۔ دوسری نسل زیر زمین سرنگوں میں رہتی تھی اور اونچی عمارتیں ان کی تھیں۔ وینا نے مجھے اس مخلوق کا نام 'مورلوکس' بتایا۔ وینا کے لوگ 'ایلوئی' کہلاتے تھے۔ یہ واضح تھا کہ ایلوئی، مورلوکس سے ڈرتے تھے۔

ایک دن گھومتے ہوئے مجھے کچھ کنویں نظر آئے۔ ان کے قریب جا کر دیکھا تو ان میں کسی مشین کے چلنے جیسی آوازیں آ رہی تھیں۔ میں نے اندر جھانکا تو کنویں کی دیواروں کے ساتھ ڈنڈا نما سیڑھیاں تھیں۔ میں نے وینا کو باہر چھوڑا اور نیچے اترنے لگا۔ وینا نے خوفزدہ ہو کر مجھے بتایا کہ اندر مورلوکس ہیں اور روکنے کی کوشش کی۔

میں نے سمجھایا کہ میں نے مشین تلاش کرنی ہے۔ میں ابھی آجاتا ہوں۔ میں سیڑھی سے نیچے چلا گیا۔ نیچے اندھیرا تھا۔ اچانک نرم بالوں والے ہاتھوں نے میرے چہرے کو چھو لیا۔ میں نے ماچس جلائی تو چار یا پانچ مورلوکس کو ڈر کر دور بھاگتے ہوئے دیکھا۔

میں آگے بڑھا اور مشینوں سے بھرے ایک بڑے کمرے میں آیا۔ ہوا میں تازہ خون اور گوشت کی بو آرہی تھی۔ اب مجھے وہاں خوف محسوس ہوا۔ وہاں بہت ساری تعداد میں مورلوکس میری طرف آرہے تھے۔ میں بڑی مشکل سے خود کو بچا کر کنویں سے باہر نکلا۔ وینا کو ساتھ لیا اور وہاں سے دور چلا گیا۔ دن کی روشنی میں مورلوکس ہمارے پیچھے نہیں آسکتے تھے۔

میں اور وینا چلتے چلتے کافی دور نکل آئے اور ایک ایسی عمارت دیکھی جو شاید ہمارے زمانے کا گرین پیلس میوزیم تھی۔ وہاں دیواروں پر عجیب و غریب ڈسپلے اور نوشتہ جات تھے۔ دوسرے حصے میں بندوقیں تھیں۔ لیکن وہ زنگ آلود اور خراب تھیں۔ پھر وہاں مجھے کچھ ماچسیں ملیں اور ایک ڈنڈا جسے میں ہتھیار کے طور پر استعمال کر سکتا تھا۔ جب ہم میوزیم سے نکلے تو رات ہونے والی تھی اور راستے میں جنگل تھا۔ اور مورلوکس ہمارے پیچھے۔

میں نے حفاظت کے لیے لکڑیاں اکٹھی کر کے بڑی آگ جلائی۔ کچھ دیر بعد مورلوکس نظر آئے مگر آگ کی وجہ سے قریب نہیں آرہے تھے۔ جیسے ہی آگ بجھی مورلوکس نے ہمیں پکڑ لیا۔ میں نے پھر ڈنڈے سے ان کا مقابلہ کیا۔ لیکن اس ہنگامہ آرائی میں دو مورلوکس وینا کو اٹھا کر لے گئے۔ میں ان کے پیچھے بھاگا۔ مگر

وہاں بہت زیادہ تعداد میں اور مورلوکس بھی تھے۔ وہ مجھے قابو کرنے کی کوشش کرر ہے تھے۔ میں ڈنڈے کے ساتھ ان سے لڑتا رہا۔ اچانک مجھے ماچس کا خیال آیا۔ میں نے ماچس جلائی تو مورلوکس مجھ سے دور ہو گئے۔

پھر مورلوکس کے چیخنے کی آوازیں سنائی دیں اور وہ ایک طرف کو بھاگنے لگے۔ میں نے مڑ کے دیکھا تو میری لکڑیوں سے جلائی گئی آگ جنگل میں پھیل چکی تھی اور بہت سے مورلوکس اس میں جل چکے تھے اور باقی جان بچانے کے لیے بھاگ رہے تھے۔ میں نے وینا کو تلاش کرنے کی بہت کوشش کی مگر وہ مجھے نہ مل سکی۔ جو مورلوکس آگ سے بچ کر بھاگے تھے، ان کے ساتھ وینا نہیں تھی۔ اس کا مطلب وہ وینا آگ میں جل کر مر گئی تھی۔ وہ میری قریبی دوست بن چکی تھی مگر یہ تصور ناقابل برداشت تھا کہ وہ مورلوکس کی خوراک بنتی۔۔۔ یہ سوچ کر میں نے اپنی اداسی پر قابو پایا۔

اب میں ایلوئی کی خوبصورت دنیا میں تمام دلچسپی کھو چکا تھا۔ ان کی زندگی کھیت میں مویشیوں کی طرح کافی خوشگوار تھی۔ لیکن آخر میں وہ ایک مضبوط نسل کے ذریعے کھائے جانے کے لیے شکار ہوئے۔ اب مجھے پھر اپنی مشین کی تلاش تھی تاکہ میں یہاں سے نکل سکوں اور اپنی دنیا میں واپس جاسکوں۔

میں دوبارہ اس مجسمہ والی عمارت کی طرف گیا۔ مگر اس بار وہاں ایک دروازہ کھلا دیکھا اور اندر چلا گیا۔ مجھے یہ دیکھ کر خوشی ہوئی کہ میری ٹائم مشین وہاں موجود ہے۔ جب میں آگے بڑھا۔ پیچھے دروازہ بند ہونے کی آواز سنی۔ پھر میں نے دیکھا کہ کچھ مورلوکس خوفناک انداز میں میری طرف بڑھ رہی ہے! میں پھنس چکا تھا۔

اچانک مجھے اپنی جیب میں رکھی ماچس کا خیال آیا۔ میں نے فوراً اسے روشن کیا۔ آگ نظر آتے ہی مورلوکس پیچھے ہٹ گئے۔ لیکن جلد ہی ماچس ختم ہو گئی۔ پھر میں ٹائم مشین کی طرف بھاگا۔ یہ میرا بچنے کا واحد موقع تھا۔ میں نے ڈائلز کو دوبارہ ٹھیک کیا اور اسٹارٹ بٹن دبایا۔ ایک مورک نے میرا ہاتھ پکڑنے کی کوشش کی لیکن میں نے اس کے چہرے پر گھونسہ مارا اور وہ نیچے گر گیا بس وقت کے ساتھ ساتھ مشین آگے بڑھنا شروع ہوئی اور کمرہ ٹوٹنا شروع ہو گیا۔ جلد ہی مورلوکس میری نظر سے غائب ہو گئے۔

میں وقت کے ساتھ آگے بڑھ رہا تھا کیونکہ میں نے غلطی سے ڈائلز کو آگے بڑھایا تھا۔ ہزاروں دن گزر گئے اور میرا ماحول تیزی سے بدل گیا۔ میں نے بہت سردی اور کپکپی محسوس کی۔ کچھ منٹ بعد، چاند غائب ہو گیا اور سورج کی لکیریں سست ہونے لگیں۔ سورج ایک بڑا، سرخ مدار بن گیا اور ساکن ہو گیا۔ اس کا مطلب یہ تھا کہ زمین نے حرکت کرنا چھوڑ دی تھی اور سورج کا ایک ہی رنگ تھا۔

میں نے سٹاپ کے بٹن کے ساتھ ٹائم مشین روک دی۔۔

فضا میں ایک عجیب سکون چھا گیا۔ ہوا بالکل نہیں تھی۔ زندگی کی واحد علامت بھوری کائی تھی جو کچھ پتھروں پر اگتی تھی۔ میں نے اپنے گال پر کچھ برش کی طرح کا محسوس کیا۔ جب میں نے مڑ کر دیکھا تو ایک بہت بڑا کیکڑا تھا جو میری ٹائم مشین کے پیچھے کھڑا تھا۔

میں نے فوراً مشین سٹارٹ کی اور مستقبل میں آگے بڑھا۔

میں ہزاروں سالوں میں سفر کرتا رہا۔ اب پھر میں رک گیا سورج بڑا ہو گیا اور

خستہ زمین کی زندگی دم توڑتی دکھائی دی۔ آخر میں، میں ایک ویران دنیا میں پہنچ گیا، مستقبل میں تیس ملین سال۔ یہاں، زندگی تقریباً ناپید ہو چکی تھی کیونکہ یہ ایک دائمی برفانی دور کا آغاز تھا۔

ویران دنیا کے نظارے نے مجھے اداسی سے بھر دیا۔ میں وہاں کافی دیر تک بنجر خالی پن پر غور کرتا رہا اور پھر میں نے اپنے ٹائم زون میں واپس آنے کا فیصلہ کیا، میں نے اپنے وقت کے لندن واپس جانے کے لیے ڈائلز کا رخ تبدیل کیا۔ جلد ہی میرے اردگرد جانی پہنچانی عمارتیں اور زمین تھی۔ پھر میری اپنی ورکشاپ کی دیواروں نے میرے اردگرد مادہ بنانا شروع کیا۔ کل میں نے مشین روک دی اور میں اپنی لیبارٹی میں تھا۔ مجھے اپنے پرانے ماحول میں واپس آنے پر راحت ملی۔ اب ایک ہفتہ گزر چکا تھا۔ جب سے میں نے اپنا ٹائم ٹریول شروع کیا۔

اگلے دن، میرے ساتھی مجھ سے ملنے آئے۔ وہ جاننا چاہتے تھے کہ میں کہاں تھا۔ میں نے مسکرا کر کہا، "میں آپ کو ہر چیز بیان کر دوں گا لیکن آپ کو یقین نہیں آئے گا۔"

پھر میں نے انہیں اپنے لاجواب ایڈونچر اور تجربات کے بارے میں بتایا۔ آخر میں میں نے اپنی کہانی ختم کی۔ ایک لمبی خاموشی رہی اور پھر پروفیسروں نے مجھ سے پوچھا، "کیا آپ کسی موقع پر نشہ آور چیزیں پیتے رہے ہیں؟" مجھے اس ردعمل کی توقع تھی لہٰذا میں نے اپنی جیب سے کچھ مرجھائے ہوئے پھول نکالے اور اپنے دوستوں کو دکھائے۔ "ان کو دیکھو۔۔۔۔۔۔!" میں نے کہا۔

پروفیسرز نے ان کا معائنہ کیا اور کہا۔ "یہ ایسی چیزوں کی مثل ہیں جو ہم نے

کبھی نہیں دیکھی ہیں۔"

میں نے انہیں بتایا کہ وینا نے مجھے یہ پھول دیے تھے۔

میرے دوستوں نے مجھے ناقابل یقین نظروں سے دیکھا۔ تھوڑی دیر کے بعد وہ چلے گئے اور میں اپنے خیالات کے ساتھ تنہا تھا۔ میرے ذہن میں کوئی شک نہیں تھا کہ ٹائم مشین لوگوں کے سوچنے کے طریقے میں انقلاب پیدا کر سکتی ہے لیکن میں سوچتا تھا کہ کتنے لوگ مجھے اور میری ایجاد کو سنجیدگی سے لیں گے۔

ایک ہفتہ گزر چکا تھا۔ میں زندگی کا ایک وقت مستقبل میں گزار چکا تھا اور دوسرا زندگی کا وقت جواب گزر رہا تھا، وہ سست اور بورنگ لگ رہا تھا۔ اس کے علاوہ، میں نے زیادہ وقت اپنے آپ کو وینا کے بارے میں سوچتے ہوئے پایا۔

کیا یہ سب خواب تھا۔۔۔ مجھے یہ جاننے کی ضرورت تھی کہ میں نے جو تجربہ کیا ہے اسی تجربے کو دوبارہ کر کے تصدیق ہو سکتی تھی۔ اس لیے میں نے مستقبل کا دوبارہ سفر کرنے کا فیصلہ کیا۔ شاید میں وینا کو بچا سکتا۔ یا آگ میں مرنے سے پہلے اسے دیکھ سکتا۔ پھر میں نے اس بار کیمرہ بھی ساتھ لے لیا تاکہ ثبوت بھی لے کر آؤں۔۔۔ پھر وینا کے بارے میں سوچتے ہوئے، میں ٹائم مشین کی سیٹ پر بیٹھ گیا اور اسٹارٹ بٹن کو دبا دیا۔۔

(اور جیسا کہ سب جانتے ہیں کہ ٹائم ٹریولر کبھی واپس نہ آیا۔)

٭٭٭

۵

نیلا ہیرا

کہانی: آرتھر کونن ڈائل، ترجمہ: محمد الیاس نواز

میرا نام' ڈاکٹر واٹسن' ہے اور میں مشہور کھوجی(سراغ رساں)'شرلاک ہومز'کا اچھا دوست ہوں۔پچھلے سال عید کے دو دن بعد میں اس کے گھر '۲۲۱B بیکر اسٹریٹ گیا۔میں اسے عید کی مبارکباد دینا چاہتا تھا۔وہ مجھے بیٹھک میں کھڑکی کے پاس بیٹھا ہوا ملا۔اس کے ساتھ ہی چند اخبارات رکھے ہوئے تھے۔قریب رکھی کرسی پر ایک پرانا ہیٹ(Hat) ٹنگا ہوا تھا۔شرلاک کے ہاتھ میں ایک محدب عدسہ (magnifying glass) تھا۔

"تم کچھ کام کر رہے ہو،میں جاؤں؟"میں نے کہا۔

"نہیں،بیٹھ جاؤاور اس پرانے اور دلچسپ ہیٹ کی طرف دیکھو۔"اس نے جواب دیا۔

میں بیٹھ گیا۔اس وقت باہر سڑک پر کافی ٹھنڈ تھی مگر ہومز کی بیٹھک گرم تھی۔

"اس پرانے ہیٹ میں تمہاری کیا دل چسپی ہے،کیا یہ کسی جرم میں استعمال ہوا

ہے ؟"میں نے پوچھا۔

ہومز نے ہنستے ہوئے جواب دیا"نہیں جرم میں نہیں۔مجھے یہ بیکر اسٹریٹ ہوٹل کے دربان'پیٹرسن' سے ملا ہے۔اور اسے عید والے دن سڑک پر پڑا ہوا ملا تو اس نے مجھے دکھانے کے لئے اٹھالیا۔اسی وقت دربان کو اِس کے ساتھ ایک پرندہ بھی ملا تھا۔۔۔یہ ایک اچھا اور صحت مند عید ہنس (ایک پرندہ راج ہنس) تھا۔میں نے وہ ہنس آج صبح اسے واپس کر دیا۔وہ آج رات اسے اپنے گھر پر پکا کر کھانے جا رہا ہے۔"

"پہلے یہ ہیٹ تھا اور اب تم ہنس کے بارے میں بات کر رہے ہو،میں کچھ سمجھ نہیں پا رہا۔"میں نے کہا۔

"چلو پھر شروع کرتے ہیں کہ اس کا آغاز کیسے ہوا۔"ہومز نے کہا۔

"عید والے دن صبح تقریباً چار بجے' پیٹرسن' اپنا کام ختم کر کے گھر جا رہا تھا۔جب وہ 'عدالتی سڑک' پر پہنچا تو اس نے دیکھا کہ ایک لمبا آدمی کندھے پر ہنس لٹکائے جا رہا ہے۔وہ تھوڑی دیر اس کے پیچھے چلتا رہا۔سامنے ہی سڑک پر چند نوجوان بھی موجود تھے۔اچانک ان میں سے ایک نے لمبے آدمی کے سر پر رکھے ہیٹ کو نشانہ بنایا جس سے اس کا ہیٹ سڑک پر گر گیا۔لمبے آدمی نے اپنی چھڑی سے نوجوان کو مارنے کی کوشش کی،مگر حادثاتی طور پر وہ پچھلی دوکان کی کھڑکی سے ٹکرا گیا،جس سے کھڑکی کا شیشہ ٹوٹ گیا۔اسی لمحے پیٹرسن اس آدمی کی طرف بڑھا تاکہ اس کی مدد کر سکے مگر لمبے آدمی نے دوڑ لگا دی،شاید دکان کا شیشہ ٹوٹنے سے وہ گھبرا گیا تھا۔اور پیٹرسن کو دربان والے کوٹ اور ہیٹ میں دیکھ کر شاید وہ اسے

پولیس والا سمجھا۔ جب وہ بھاگا تو اپنا ہیٹ اور ساتھ ہی عید ہنس بھی سڑک پر ہی چھوڑ گیا۔ اسی لمحے نوجوان بھی بھاگ گئے۔ پیٹرسن ہیٹ اور ہنس اٹھا کر اپنے گھر لے گیا اور اگلے دن یہاں لے آیا۔ ہنس کے بائیں پاؤں کے ساتھ ایک چھوٹی سی دلچسپ چٹھی (پرچی) لگی ہوئی تھی۔ جس پر لکھا تھا 'مسٹر ہنری بیکر اور اہلیہ کے لئے'۔ اس کے علاوہ ہیٹ پر بھی 'ایچ۔بی' لکھا ہوا ملا ہے۔" ہومز نے بتایا۔

"اوہ۔۔۔۔ ہیٹ اور ہنس کے مالک کا نام 'ہنری بیکر' ہے۔" میں نے کہا۔

"ہاں۔۔۔! مگر واٹسن۔۔۔۔ میرے عزیز۔۔۔ اس سے ہمیں کوئی زیادہ مدد نہیں ملتی۔ یہاں لندن میں تو سیکڑوں ہنری بیکر ہیں۔ میں نے آج صبح پیٹرسن کو یہ کہہ کر ہنس واپس کر دیا کہ "یہ تمہارے رات کے کھانے کے لئے ہے۔ کیوں کہ میں یہ نہیں چاہتا کہ کچھ برا ہو جائے۔۔۔۔ تم تو جانتے ہو۔"

"کیا مسٹر بیکر نے اپنے ہیٹ اور ہنس کے حوالے سے اخبار میں کوئی اشتہار دیا؟" میں نے پوچھا۔

"نہیں" ہومز نے جواب دیا۔

"پھر ہم کس طرح اسے ڈھونڈ سکتے ہیں؟"

"درست۔۔۔ شاید یہ ہیٹ ہماری مدد کر سکتا ہے۔۔۔ واٹسن! فرض کرو کہ تم منٹ دو منٹ کے لئے ایک کھوجی ہو اور یہ میرا محدب عدسہ ہے۔ تم مجھے اس ہیٹ کے مالک کے بارے میں کیا بتا سکتے ہو؟" ہومز نے کہا۔

میں نے محدب عدسہ لیا اور کالے رنگ کے ہیٹ کو دیکھا جو بے حد گندا اور پرانا تھا۔ میں نے اس پر الفاظ 'HB' بھی دیکھے۔ میرے لئے یہ کسی بھی طرح کسی

دوسرے پرانے اور کالے ہیٹ سے مختلف نہیں تھا۔

"میں کچھ نہیں دیکھ پایا۔" میں نے یہ کہتے ہوئے کالا ہیٹ اپنے دوست کو دے دیا۔

"معاف کرنا واٹسن۔ تم نے دیکھا تو سہی مگر تم نے سوچا نہیں کہ تم نے کیا دیکھا۔"

"بالکل ٹھیک!۔۔۔ تم اس ہیٹ میں کیا دیکھ سکتے ہو؟" میں نے کہا۔

"اس ہیٹ کا مالک ایک ذہین آدمی ہے۔ وہ کبھی امیر تھا مگر اب غریب ہے۔ اس کی بیوی پہلے کبھی اس سے محبت کرتی تھی مگر اب نہیں کرتی، اور وہ ایک تیس سے چالیس سال کے درمیان کا آدمی ہے۔" ہومز بولا۔

"درست۔۔۔ شاید میں کند ذہن ہوں ہومز!۔۔۔ مگر مجھے سمجھ نہیں آتی کہ تم یہ کیسے سوچ سکتے ہو کہ وہ ایک ذہین آدمی ہے؟"

ہومز نے ہیٹ اپنے سر پر رکھا تو وہ اس کی ناک تک آ گیا۔ "یہ ایک بڑا ہیٹ ہے۔ ایک بڑے ہیٹ والے آدمی کا ایک بڑا سر ہوتا ہے۔ اور ایک بڑے سر والے آدمی کا ایک بڑا دماغ ہوتا ہے۔ اور ایک بڑے دماغ کے ساتھ ایک انسان بہت کچھ سوچتا ہے۔"

"مگر تم نے کہا کہ وہ کبھی امیر تھا مگر اب غریب ہے،۔۔۔ کیسے؟"

"ہیٹ تین سال پرانا ہے اور مجھے یاد ہے کہ یہ ہیٹ اُن دنوں ساری دکانوں پر آئے تھے اور کافی مہنگے تھے۔ تین سال پہلے اس آدمی نے ایک اچھا ہیٹ خریدا تھا یعنی وہ اس وقت امیر تھا، مگر اب اس کے پاس رقم نہیں ہے کہ وہ نیا ہیٹ خرید

سکے۔ لہٰذا اِن دنوں وہ غریب ہے۔"

"بالکل ٹھیک، مگر تم نے کہا کہ وہ ایک تیس سے چالیس سال کا آدمی ہے۔ یہ بات ہیٹ تمہیں کس طرح بتاتا ہے؟" میں نے پوچھا۔

"ہاں۔۔۔ جب میں نے اپنے محدب عدسے کے ذریعے دھیان کے ساتھ ہیٹ کا معائنہ کیا تو میں ہیٹ پر لگے چند سرمئی بال دیکھنے کے قابل ہو سکا۔ عام طور پر لوگوں کے سرمئی بال تیس سے چالیس کے درمیان ہوتے ہیں۔"

"میں سمجھ گیا۔۔۔ مگر اس کی بیوی کے بارے میں کیا خیال ہے۔۔۔ تم نے کہا کہ وہ اس سے محبت نہیں کرتی۔"

"کیونکہ اس کا ہیٹ بہت گندا ہے۔ جب ایک عورت اپنے شوہر سے محبت کرتی ہے تو اس کا ہیٹ بھی صاف رکھتی ہے۔"

"شاید اس کی بیوی نہیں ہے۔"

"ہاں! اس کی بیوی ہے، یاد کرو ہنس کی بائیں ٹانگ پر چِٹھی۔"

"اوہ۔۔ ہاں۔ تمہارے پاس تو ہر چیز کا جواب ہے۔" میں نے کہا۔

اسی لمحے دروازہ کھلا اور ہوٹل کا دربان پیٹرسن بھاگتا ہوا اندر داخل ہوا۔ وہ بہت جذباتی نظر آرہا تھا۔

"ہنس۔۔۔ مسٹر ہومز۔۔۔۔ ہنس۔" وہ بولا۔

"ہنس کے ساتھ کیا مسئلہ ہے؟ کیا وہ دوبارہ زندہ ہو کر باورچی خانے کی کھڑکی سے باہر اُڑ گیا ہے؟" ہومز نے پوچھا۔

"نہیں مسٹر ہومز، میری بیوی کو پرندے کے اندر سے یہ ملا ہے۔" پیٹرسن

نے مٹھی کھولی تو اس میں ایک نیلے رنگ کا خوب صورت ہیرا تھا۔

جب شرلاک ہومز نے دربان کے ہاتھ میں ہیرا دیکھا تو سیدھا تن کر بیٹھ گیا اور بولا "بہت خوب پیٹرسن۔ ہنس کے اندر سے کیا حیرت انگیز چیز ملی ہے۔ تم جانتے ہو کہ تمہارے ہاتھ میں کیا ہے ؟"

"میرے خیال میں یہ ایک ہیرا ہے مسٹر ہومز۔۔۔ کیا یہ قیمتی ہے ؟"

"یہ نواب مارکر کی بیوی کا نیلا ہیرا ہے اور ایک ہفتے پہلے گم ہوا تھا۔"

"یہ تم کیسے جانتے ہو؟" میں نے پوچھا۔

"واٹسن، تم اکثر و بیشتر اخبار ضرور پڑھا کرو۔ آج کے ٹائمز اخبار میں اس کے بارے میں اشتہار ہے۔ یہ دیکھو۔" ہومز نے اخبار مجھے دیا اور پھر وہ دربان سے مخاطب ہوا۔

"یہ بہت قیمتی ہیرا ہے پیٹرسن !۔۔ بیگم نواب تقریباً بیس ہزار پاؤنڈ اس کی قیمت ادا کر چکی ہیں۔ اسکو پچھلے ہفتے کاسموپولیٹن ہوٹل میں ان کے کمرے سے کسی نے اٹھا لیا تھا۔ اب وہ اسے واپس حاصل کرنا چاہتی ہیں اور ان کا کہنا ہے کہ وہ تلاش کرنے والے کو ہزاروں پاؤنڈ دینے کو تیار ہیں۔"

"ہزاروں پاؤنڈ" پیٹرسن جذباتی انداز میں چیخا اور پھر کچھ کہے بغیر ہمارے درمیان کرسی پر بیٹھ کر پہلے ہومز کو اور پھر مجھے دیکھا۔

"میرے خیال میں ہیرا پانچ دن پہلے گم ہوا تھا۔" میں نے کہا۔

"ہاں !اس معاملے کی اخباری رپورٹ کے مطابق انہوں نے ایک جوان آدمی 'جان ہارنر' کو دیکھا تھا جس نے ہیرا اٹھایا۔" ہومز نے جواب دیا۔

ہومز نے مجھے ایک پرانا اخبار دیا اور میں نے رپورٹ پڑھی۔

کاسموپولیٹن ہوٹل سے ہیرے کی گم شدگی:

"اس مہینے کی ۲۲ تاریخ کو کاسموپولیٹن ہوٹل کے کمرے سے بیگم نواب کا ایک نیلا ہیرا گم ہو گیا۔ پولیس کا خیال ہے کہ یہ ہیرا ۲۶ سالہ جان ہارنر نے زیورات کے ڈبے میں سے اس وقت اٹھایا جب وہ کھڑکی کی مرمت کرنے آیا۔ ہوٹل کے اسسٹنٹ منیجر 'جیمز رائیڈر' نے عدالت کو بتایا کہ "میں ہارنر کو لے کر بیگم نواب کے کمرے میں آیا، پھر اسکو چھوڑ کر تھوڑی دیر کے لئے باہر چلا گیا، اور جب دوبارہ واپس آیا تو ہارنر وہاں نہیں تھا۔ البتہ ڈبہ بستر کے ساتھ والی میز پر کھلا پڑا تھا اور ہیرا اس میں نہیں تھا۔"

بیگم نواب کی ملازمہ 'کیتھرین کوسیک' نے بیان دیا کہ "میں نے مسٹر رائیڈر کو آواز دیتے ہوئے سنا تو میں دوڑی ہوئی کمرے میں آئی۔ میں نے دیکھا کہ مسٹر رائیڈر وہاں کھڑے ہیں اور ڈبہ ان کے سامنے ہے۔"

واردات کے ایک دن بعد ہارنر کو پولیس نے گھر سے گرفتار کیا مگر وہ ہیرا برآمد نہیں کروا سکے۔ اس کے بعد تفتیش کار 'بریڈا سٹریٹ' نے عدالت کو بتایا "جب میں نے اس سے کہا کہ تم ہیرا چور ہو تو اس نے مجھے مارا۔"

اس کے بعد ہارنر نے عدالت کو غصے میں کہا "آپ نے غلط آدمی کو پکڑا ہے۔ میں نے بیگم نواب کا ہیرا نہیں اٹھایا۔ میں چور نہیں ہوں۔"

اس کے بعد بریڈ اسٹریٹ نے عدالت کو بتایا "ہارنر پہلے بھی ایک بار چوری کے الزام میں قید کاٹ چکا ہے۔ میں کہتا ہوں اسی نے ہیرا چرایا ہے۔"

معاملہ اگلے ہفتے اعلیٰ عدالت میں جا رہا ہے۔"

"خوب۔۔۔ تو یہ ہے ہیرے کے بارے میں اخباری رپورٹ۔"

ہومز نے کہا"اب ہم یہ جاننا چاہتے ہیں کہ ہیرا کس طرح کاسموپولیٹن ہوٹل میں موجود بیگم نواب کے کمرے سے نکلا اور عدالتی سڑک پر ایک ہنس کے اندر پہنچا۔ تم نے دیکھا واٹسن، اس معاملے میں ایک جرم ہے، یعنی یہاں ایک ہیرا ہے، جو ہنس کے اندر سے ملا، اور ہنس پرانے ہیٹ والے آدمی ہنری بیکر سے ملا۔ میں جانتا ہوں کہ جب میں تمہیں مسٹر ہنری بیکر کے بارے میں بتا رہا تھا تو تم ہلکی سی بیزاری محسوس کر رہے تھے مگر اب ہم اسے ضرور تلاش کر لیں گے۔ وہ نیلے ہیرے والے معاملے میں کب اور کیسے آیا؟ ان دو سوالوں کے جواب بہت اہم ہیں۔"

"مگر ہم کس طرح اسے تلاش کر سکتے ہیں۔" میں نے پوچھا۔

"اخباری اشتہار کے ذریعے۔" ہومز نے کہا۔

اس نے قلم اٹھایا اور لکھنا شروع کر دیا:

"کیا آپ کا ہنس اور کالا ہیٹ کچھ دن پہلے عدالتی سڑک پر گم ہوا؟

کیا آپ کا نام 'ہنری بیکر' ہے؟

مہربانی فرما کر آج شام ۶:۳۰ بجے، B۲۲۱ بیکر اسٹریٹ پر تشریف لائیے اور اپنی چیزیں لے جائیے۔"

"میرا خیال ہے یہ اشتہار سب کچھ بول رہا ہے۔" ہومز نے کہا۔

"ہاں، مگر کیا وہ اسے پڑھے گا؟" میں نے پوچھا۔

"ہاں واٹسن !میرے خیال سے وہ ایک غریب آدمی ہے۔یادرکھو!اس وقت وہ خوف زدہ تھا کیونکہ وہ دکان کی کھڑکی کے ساتھ ٹکرا گیا تھا، مگر مجھے یقین ہے کہ اب وہ افسوس کر رہا ہوگا کہ "میں اپنا پرندہ سڑک پر چھوڑ کر کیوں بھاگا؟"، میرا خیال ہے اشتہارات کیلئے اس نے کل کے اخبارات بھی دیکھے ہوں گے اور آج کے بھی دیکھے گا۔"

"ہاں، میں سمجھ رہا ہوں۔"میں نے کہا۔

ہومز نے دربان کو کچھ رقم دی اور کہا" پیٹرسن !مہربانی کر کے نیچے جاؤاور شام کے سارے اخبارات میں یہ اشتہار لگوادو۔"

"بہت اچھاجناب !۔۔۔اور کیا ہیرا آپ کے پاس ہی چھوڑ جاؤں ؟"

"ہاں پیٹرسن !۔۔۔اور میں یہ کہہ رہا تھا کہ کیا تم اشتہار دینے کے بعد واپس آتے ہوئے ایک ہنس خرید کر یہاں لا سکتے ہو؟ ہمیں ہنری بیکر کے لئے ایک نیا ہنس چاہیے۔۔۔اگر وہ آتا ہے تو۔۔۔پرانے ہنس کو تو تمہارا خاندان آج رات کے کھانے میں کھانے جارہاہے، لہٰذا وہ تو اسے نہیں مل سکتا۔"

دربان دروازے سے باہر نکلااور سڑک پر اتر گیا۔ہومز نے نیلا ہیرا اپنے ہاتھ میں لیااور اسے دیکھتے ہوئے بولا۔"کیاخوب صورت چیز ہے۔اس کے عجیب رنگوں کو دیکھو۔تیز نیلا اور ٹھنڈا سفید۔تمام بڑے نگینے بالآخر لوگوں کو چور اور قاتل بناتے ہیں۔یہ جنوبی چین کے دریا آموئے کے قریب سے آیاہے اور صرف بیس سال پرانا ہے،یعنی یہ ایک نئی چیز ہے۔مگر پہلے سے ہی اس کی وجہ سے بھیانک جرائم ہو رہے ہیں۔

میں اسے اپنی تجوری میں رکھنے جا رہا ہوں۔ اور پھر میں بیگم نواب کو خط لکھوں گا اور کہوں گا کہ خوب صورت نیلا ہیرا ہمارے پاس ہے۔"

"مگر ہومز!۔۔۔ مجھے سمجھ نہیں آتی کہ اتنے سب کچھ کے بعد بھی نوجوان ہارنر معصوم کیسے ہے۔" میں نے کہا۔

"مجھے نہیں معلوم۔"

"اور ہیٹ اور ہنس والے ایک لمبے آدمی۔۔۔ ہنری بیکر کے بارے میں کیا خیال ہے؟۔۔۔ شاید وہ ہیرے کا چور ہو؟"

"نہیں، میرا نہیں خیال کہ وہ ایسا ہے۔ مجھے یقین ہے کہ وہ معصوم آدمی ہے۔ مجھے نہیں لگتا کہ وہ یہ بات جانتا تھا کہ ہنس کے اندر ایک قیمتی ہیرا موجود تھا۔ ہیرے کی مالیت بیس ہزار پاؤنڈ سے زیادہ ہے۔ دیکھو اور انتظار کرو، شاید آج شام مسٹر بیکر ہمارے اشتہار کا جواب دے اور ہم اس کے بارے میں کچھ اور جان سکیں۔"

"بالکل ٹھیک۔ میں آج شام کام ختم کر کے آتا ہوں، مجھے اس معاملے کے حل کے بارے میں بہت دل چسپی ہے۔" میں نے کہا۔

"بہت اچھا، رات کا کھانا سات بجے ہے۔" ہومز نے جواب دیا۔

میں شام ۶:۳۰ بجے بیکر اسٹریٹ پر آیا تو وہاں پہلے سے ایک لمبا آدمی شرلاک ہومز کے دروازے پر موجود تھا۔ اس نے سردیوں کا لمبا کوٹ پہن رکھا تھا اور اس کے سر پر اسکاٹش ہیٹ تھا۔ جب میں قریب پہنچا تو دروازہ کھلا۔ ہومز کی گھریلو ملازمہ 'مسز ہڈسن' نے ہمیں شام بخیر کہا اور ہم سیڑھیاں چڑھ کر ہومز کے کمرے

میں جا پہنچے۔

"مجھے یقین ہے کہ آپ مسٹر ہنری بیکر ہیں۔۔۔ مہربانی فرما کر بیٹھئے!" جب وہ آدمی اندر داخل ہوا تو ہومز نے اس سے کہا۔"

ہومز نے میری طرف دیکھا اور مسکرایا۔

"آہا۔۔۔ واٹسن، تمہاری کیا بات ہے، جب بھی ہم تمہاری ضرورت محسوس کرتے ہیں تم یہاں ملتے ہو۔"

پھر اس نے دوبارہ اپنے دوسرے مہمان کی طرف دیکھا۔

"کیا یہ آپ کا ہیٹ ہے، مسٹر بیکر؟"

مسٹر بیکر نے کرسی پر ٹنگے ہیٹ کو دیکھا۔

"ہاں، جناب یہ میرا ہیٹ ہے، اس کے بارے میں تو کوئی دوسرا سوال ہی نہیں ہے۔"

یہ ایک بڑے سر والا بڑا آدمی تھا۔ ذہانت بھرے چہرے اور سرمئی بالوں والا۔ مجھے اس کے بارے میں ہومز کے کہے ہوئے الفاظ یاد آ گئے۔ اس نے پرانا اور گندا کوٹ پہن رکھا تھا جس کے اندر قمیض نہیں تھی، مگر وہ آہستہ اور احتیاط سے بول رہا تھا۔ میں نے اسے دیکھا، سنا اور پھر سوچا "یہ ایک ذہین آدمی ہے۔ یہ کبھی امیر تھا مگر اب اس کے پاس دولت نہیں ہے اور چیزیں خریدنا اس کے لئے اتنا آسان نہیں ہے۔"

"ہمیں آپ کا ہیٹ اور ہنس کچھ دن پہلے ملے مگر آپ ہمیں اتنی آسانی سے نہیں مل سکتے تھے مسٹر بیکر!۔۔۔ ہم آپ کا پتا نہیں جانتے تھے۔ آپ نے اخبار

میں اپنے پتے کے ساتھ ایک اشتہار کیوں نہیں دے دیا؟ ہم نے آپ کی طرف سے کسی اشتہار کا بہت انتظار کیا مگر ہمیں کچھ نظر نہیں آیا۔" ہومز نے کہا۔

مسٹر بیکر مسکرایا" میں معافی چاہتا ہوں۔ اشتہار مہنگا ہوتا ہے اور میرے پاس آج کل زیادہ رقم نہیں ہے، کبھی ہوتی تھی مگر اب نہیں ہے۔" وہ رکا اور بولا۔" اور میں یہ سمجھا کہ عدالتی سڑک والے نوجوان میرا ہیٹ اور ہنس لے گئے ہوں گے۔ اور میں بے کار کے لئے اخبار میں کوئی مہنگا اشتہار نہیں دینا چاہتا تھا۔"

"میں سمجھ گیا۔ اب اس سے پہلے کہ ہم مزید کچھ کہیں، میں آپ کو آپ کے ہنس کے بارے میں کچھ بتانا ضروری سمجھتا ہوں۔ مسٹر بیکر!۔۔۔ میں معافی چاہتا ہوں مگر۔۔۔۔ خیر۔۔۔۔ ہم اسے کل کھا چکے ہیں، اگر آپ کو معلوم نہ ہو۔" ہومز نے کہا۔

" آپ اسے کھا چکے ہیں۔" ہمارے مہمان نے جذباتی انداز میں کھڑے ہوتے ہوئے کہا۔

"ہاں، خیر ہم نہیں چاہتے کہ آپ نامناسب طریقے سے جائیں۔۔۔ آپ دیکھئے کہ ہم نے آج صبح ہی آپ کے لئے ایک نیا اور دلکش ہنس خریدا ہے۔ وہ دروازے کے ساتھ میز پر رکھا ہے۔۔۔ یہ سب تو آپ کے لئے ٹھیک ہے ناں؟"

"اوہ، ہاں ہاں۔" مسٹر بیکر خوشی سے بولا اور دوبارہ بیٹھ گیا۔

"اور چلئے چل کر دیکھتے ہیں۔۔۔ میرا خیال ہے کہ آپ کے پرانے ہنس کی ٹانگیں، سر اور اندر کی ہر چیز باورچی خانے میں رکھی ہوگی، آپ کو اگر چاہئے تو۔۔۔۔"

آدمی ہنسا اور بولا "نہیں نہیں۔۔۔ مگر میں یہ ضرور پسند کروں گا کہ نیا اور دلکش ہنس اپنے ساتھ گھر لے کر جاؤں۔ آپ کا بہت شکریہ۔"

شرلاک ہومز نے ہلکی سی مسکراہٹ کے ساتھ میری طرف دیکھا۔ پھر اس نے مسٹر بیکر سے کہا "بہت اچھا۔۔۔ وہ رہا آپ کا ہنس اور ہیٹ، مہربانی فرما کر انہیں اٹھا لیجئے۔۔۔ اوہ ہاں۔۔۔ اس سے پہلے کہ آپ رخصت ہوں، آپ مجھے بتا سکتے ہیں کہ آپ نے یہ ہنس کہاں سے لیا تھا؟۔۔۔ میں ہنسوں کے بارے میں بہت کچھ جانتا ہوں اور اسی لئے آپ کو یہ بتانا چاہتا ہوں کہ وہ ایک شاندار پرندہ تھا۔"

بیکر نے ہیٹ اور ہنس اپنے ہاتھ میں اٹھا لئے، پھر بولا "بہت اچھا جناب! میں نے یہ برطانوی عجائب گھر کے ساتھ والی سرائے 'الفا' سے لیا تھا۔ اس سال الفا کے مالک 'ونڈیکیٹ' نے ہنس کلب کھولا ہے۔ ہر ہفتے ہم کچھ پیسے گلک میں ڈال دیتے ہیں اور عید کے موقع پر ہم اس ساری رقم سے ہنس لے لیتے ہیں۔" اس کے ساتھ ہی اس نے خدا حافظ کہا اور چلا گیا۔

"خوب۔ یہ تو جوابات ہو گئے ایک سوال کے کہ مسٹر بیکر ہیرا چور نہیں ہے۔ واٹسن تمہیں بھوک تو نہیں لگی؟" میرے کھوجی دوست نے کہا۔

"نہیں زیادہ نہیں۔"

"تو پھر ہم کھانا بعد میں ہی کھائیں گے، ہمیں اس وقت لازمی الفا جانا ہے۔ ہمیں اسی رات مسٹر ونڈیکیٹ سے ملنا چاہیئے"

ہومز اور میں کوٹ اور ہیٹ لے کر سردی میں ٹھنڈی سڑک پر نکل کھڑے ہوئے۔ ہمارے سروں پر اندھیرا آسمان تھا۔ ہم مشرق کی طرف کچھ دیر چل کر الفا

کے سامنے جا پہنچے۔ ہومز نے دروازہ کھولا اور ہم اندر داخل ہو گئے۔

اندر سرائے کے مالک ونڈگیٹ نے ہمیں کچھ مشروب پیش کیا۔

"کیا یہ مشروب اچھا ہے ؟۔۔۔میں نے یہ اس لئے پوچھا کیوں کہ مجھے معلوم ہے کہ آپ کے ہنس بہت اچھے ہیں۔ مسٹر ہنری بیکر نے ہمیں تمہارے ہنس کلب کے بارے میں بتایا ہے۔" ہومز نے اس سے پوچھا۔

"آہ ہاں، مگر یہ ہنس ہمارے ہنس نہیں تھے۔ایک اور آدمی کی طرف سے آئے تھے۔اس کی 'کووینٹ گارڈن' میں چھوٹی سی دکان ہے۔اس کا نام 'بریکن رِج' ہے۔"

"شکریہ میرے اچھے انسان۔" ہومز نے کہا۔ہم نے مشروب کی قیمت اد اکی۔ سرائے میں ہی ٹہلتے ہوئے مشروب پیا اور گرم سرائے سے نکل کر دوبارہ ٹھنڈی رات میں آ گئے۔

"اور اب کووینٹ گارڈن۔" ہومز نے کہا اور ہم برطانوی عجائب گھر والی سڑک کی طرف چل پڑے۔

"یاد رکھو واٹسن! یہ سب ایک ہنس سے شروع ہوا اور یہ ختم ہونے جا رہا ہے ہارنر کی سات سالہ قید پر۔شاید ہم اس دل چسپ معاملے کے بارے میں مسٹر بریکن رج کی دکان پر مزید جان سکتے ہیں۔"

ہم جنوب کی طرف چلتے ہوئے جلد ہی مسٹر بریکن رج کی دکان پر پہنچ گئے۔ بریکن رج اور ایک لڑکا دکان کے دروازے پر ہی موجود تھے۔شاید رات کے اس پہر دکان بند ہونے کے قریب تھی۔

"شب بخیر، بڑی سرد رات ہے۔" مسٹر ہومز بولا۔

"میں آپ کی کیا مدد کر سکتا ہوں۔" مسٹر بریکن رج نے پوچھا۔

ہومز نے دکان کی خالی کھڑکی کی طرف دیکھتے ہوئے پوچھا "میرا خیال ہے کوئی ہنس نہیں ہے۔"

"دوسری دکان میں ہیں کچھ۔۔۔ آپ کی پچھلی طرف۔"

"آہ ہاں، مگر میں آپ کی طرف آیا ہوں کیوں کہ میں نے سنا ہے کہ آپ کے ہنس بہت اعلیٰ ہیں۔۔۔ "بریکن رج کے پرندے شاندار۔"۔۔۔ وہ بولا۔

"کس نے کہا؟"

"الفا کے مالک نے۔"

"آہا، ہاں۔۔۔ اس نے عید سے دو دن پہلے چوبیس ہنس لئے تھے۔"

"وہ تو بہت اچھے تھے، آپ نے کہاں سے لئے تھے؟"

"یہ تو میں تمھیں نہیں بتاؤں گا۔" بریکن رج غصے سے بولا۔

"بار بار لوگ آکر ان ہنسوں کے بارے میں پوچھتے ہیں اور مجھے یہ بالکل پسند نہیں۔ میں نے ان کی اچھی خاصی رقم ادا کی تھی۔ میں انہیں الفا بھیج کر سب بھول گیا مگر پھر بھی اس کے بعد سارے سوالات شروع ہو گئے کہ ۔۔۔ ہنس کہاں ہیں؟۔۔۔ آپ ان کا کتنا معاوضہ چاہتے ہیں؟۔۔۔ کون آپ کو بیچتا ہے؟۔۔۔ مجھے نہیں پتا کہ لوگ ان میں اتنی دل چسپی کیوں لیتے ہیں۔ آپ جانتے ہیں کہ لندن میں صرف یہی ہنس تو نہیں ہیں۔"

"میں جانتا ہوں، مگر اس سے پہلے کس نے تم سے ان ہنسوں کے بارے میں

پوچھا؟ میں نے تو نہیں پوچھا۔ اور مجھے اس کی ضرورت بھی کیا تھی، مگر مجھے اب تمہاری مدد چاہیئے۔ ہوا یہ کہ ہم نے الفا میں ایک ہنس کھایا تو میں نے کہا کہ یہ ایک دیسی ہنس تھا، مگر یہ جو میرے دوست ہیں ڈاکٹر واٹسن، یہ کہتے ہیں کہ یہ لندن کا ہنس تھا۔ اب ہم میں سے کون ٹھیک ہے۔ یہ ایک اہم سوال ہے، کیونکہ جیتنے والے کو پانچ پاؤنڈ ملیں گے۔" ہومز نے کہا۔

"اچھا پھر تو تمہارا نقصان ہو گیا اور تمہارا دوست جیت گیا۔ وہ ہنس لندن سے آئے تھے۔" بریکن رج بولا۔

"میں کیسے یقین کر لوں؟" ہومز بولا۔

"ایک پاؤنڈ کہتا ہے کہ میں ٹھیک ہوں۔"

ہومز نے ایک پاؤنڈ جیب سے نکالا اور بولا "بہت اچھا، میں دینے کو تیار ہوں مگر میں جانتا ہوں کہ تم اپنی رقم کھونے جا رہے ہو۔"

"بل بکس (Bill Books) اٹھا کر لاؤ۔" بریکن رج نے ہنستے ہوئے کہا تو لڑکا اٹھا کر لے آیا۔

بریکن رج نے چھوٹی بُک کھولی اور بولا "یہ میری ایڈریس بُک ہے۔ جب لوگ ہنس فروخت کرنے آتے ہیں تو ان کے ایڈریس یہاں ہوتے ہیں۔ دیہاتیوں کے بائیں طرف اور شہریوں کے دائیں طرف۔ ناموں کے بعد لکھے ہوئے نمبر اصل میں بڑی والی بک کے صفحہ نمبر ہیں۔ سیدھی طرف والا تیسرا نام پڑھیے۔"

"مسز اوکس ہاٹ، ۱۱۷ بریکسٹن روڈ، نمبر ۲۴۹" ہومز نے پڑھا۔

پھر بریکن رج نے بڑی بک کھولی اور بولا "اور یہ ہے میری 'اِن اور

آؤٹ 'بک۔اب دیکھو صفحہ نمبر ۲۴۹۔ہم یہاں ہیں۔ مسز اوکس ہاٹ۔ ۲۲ دسمبر کی تاریخ میں تمہیں کیا نظر آرہا ہے ؟"

"مسز اوکس ہاٹ کی طرف سے چوبیس ہنس آئے اور تمام کے تمام الفا میں مسٹر ونڈیگیٹ کی طرف گئے۔"ہومز نے پڑھا۔

"اب یہاں تم کیا کہو گے ؟"بریکن رج نے کہا۔

ہومز نے غصے میں پاؤنڈ بریکن رج کے ہاتھ پر رکھ دیا۔

ہومز سڑک پر رک گیا۔وہ حیرت انگیز طور پر بالکل غصے میں نہیں تھا۔اچانک وہ ہنسنا شروع ہو گیااور بولا"۔ تم نے دیکھاواٹسن !پہلے تو بریکن رج مسز اوکس ہاٹ کا نام اور پتا بتانے کو بالکل تیار نہیں تھامگر بعد میں جب اس نے دیکھا کہ وہ مجھ سے آسانی سے ایک پاؤنڈ حاصل کر سکتا ہے تواس نے مجھے ہر چیز بتادی۔ اور تم نے سنا کہ اس نے ایک چیز بڑی دل چسپ کہی، جب وہ غصے میں تھا؟ کہ دوسرے لوگ مجھ سے ہنسوں کے بارے میں سوالات کرتے ہیں۔"

اچانک ہماری پیٹھ کے پیچھے بریکن رج کی دکان کی طرف سے شور کی آواز آئی۔ہم نے مڑکر دیکھا تو بریکن رج اپنی دکان کے سامنے غصے میں کھڑا نظر آیا۔جب کہ ایک چھوٹااور کمزور آدمی اس کے سامنے سڑک پر کھڑا تھا۔

بریکن رج چیخا۔"دیکھو!میں اُن ہنسوں کے بارے میں ایک لفظ بھی نہیں سننا چاہتا۔ مسز اوکس ہاٹ جب چاہیں آسکتی ہیں اور مجھ سے بات کر سکتی ہیں مگر تم نہیں۔ تمہارے پاس کوئی کام نہیں ہے کرنے کو؟ کیا میں نے ہنس تم سے لئے تھے ؟"

"نہیں، مگران میں سے ایک ہنس میرا تھا۔ میں نے تمہیں بتایا ہے۔" چھوٹے آدمی نے التجا کی۔

"اس کے بارے میں مسز اوکس ہاٹ سے پوچھو۔"

"مگر وہ مجھ سے کہتی ہیں کہ مسٹر بریکن رج سے پوچھو۔"

"اچھا! تو پھر میں کچھ نہیں کر سکتا۔ میں تم سے مزید کچھ نہیں سننا چاہتا، سمجھے تم؟ اب دفع ہو جاؤ۔"

بریکن رج نے غصے سے دکان کا دروازہ بند کیا اور چھوٹا آدمی اندھیری سڑک پر دوڑنے لگا۔

"اِس سب کچھ کے بعد شاید ہمیں مسز اوکس ہاٹ کے گھر بریکسٹن روڈ جانے کی ضرورت نہیں ہے۔ چلو اس آدمی سے بات کرتے ہیں۔ شاید یہ ہماری مدد کر سکتا ہے۔" ہومز پر سکون انداز میں مجھ سے بولا۔

ہومز نے خاموشی سے اس آدمی کے پیچھے سے اس کے کندھے پر ہاتھ رکھ دیا۔ آدمی رکا اور پیچھے مڑ کر دیکھا تو کندھے کے پیچھے ہمیں کھڑے پایا۔ اس کا چہرہ سفید تھا۔

"آپ کون ہیں اور کیا چاہتے ہیں۔" اس نے کمزور آواز میں کہا۔

"معذرت کے ساتھ۔۔۔ مگر ہم نے وہ سوالات سنے جو تم نے دکان دار سے کئے۔ میرا خیال ہے کہ میں تمہاری مدد کر سکتا ہوں۔" ہومز نے کہا۔

"آپ کون ہیں اور میری مدد کیسے کر سکتے ہیں؟"

"میرا نام شرلاک ہومز ہے اور میرا کام یہی ہے کہ چیزوں کے بارے میں وہ

کچھ جانوں جو دوسرے لوگ نہیں جانتے۔"

"مگر آپ تو اس بارے میں کچھ بھی نہیں جانتے۔"

"معاف کیجئے گا۔۔۔۔میں ہر چیز جانتا ہوں۔ تم ان چوبیس ہنسوں کی تلاش میں ہو جو بریکسٹن روڈ سے مسز اوکس ہاٹ نے یہاں بریکن رج کو فروخت کئے۔ اس نے الفا کے مالک مسٹر ونڈیگیٹ کو فروخت کر دیئے۔ اور ونڈیگیٹ نے اپنے ہنس کلب میں لوگوں کو بیچ دیئے۔"

"اوہ۔۔۔جناب! یہ تو حیرت انگیز ہے۔ مجھے آپ سے مل کر بہت خوشی ہوئی۔ آپ بالکل ٹھیک کہہ رہے ہیں۔ مجھے ان ہنسوں میں بہت دل چسپی ہے۔ جتنی میں کہہ سکتا ہوں اس سے بھی کہیں زیادہ۔" چھوٹے آدمی نے جذباتی انداز میں کہا۔

"مزید بات کرنے کے لئے کیوں نہ ہم میرے گھر کے گرم کمرے میں چلیں؟ مجھے اس ٹھنڈی سڑک پر کھڑے ہو کر بات کرنا پسند نہیں۔"

ہومز نے ہاتھ کا اشارہ کیا تو ایک ٹیکسی آ کر رکی۔

"مگر اس سے پہلے کہ ہم چلیں، کیا آپ ہمیں اپنا نام بتا سکتے ہیں؟"

چھوٹے آدمی نے جواب دینے سے پہلے ہومز کو دیکھا پھر مجھے دیکھا۔ "جے۔جے۔جان روبنسن۔" وہ بولا۔

"نہیں، نہیں۔ ہم آپ کا اصل نام جاننا پسند کریں گے۔ مہربانی ہو گی۔" ہومز اطمینان سے بولا۔

اجنبی کے چہرے کا رنگ سفید سے بدل کر سرخ ہو گیا۔

"بہت اچھا! میرا اصل نام 'جیمز رائیڈر' ہے۔" وہ بولا۔

"خوب، خوب، خوب۔۔۔ کاسمو پولیٹن ہوٹل کے اسسٹنٹ منیجر۔۔۔ فی الحال تو ٹیکسی لے کر گھر چلتے ہیں، پھر ہم تمہیں ہر وہ چیز بتا سکیں گے جو تم جاننا چاہو گے۔" ہومز بولا۔

چنانچہ ہم نے ٹیکسی پکڑی اور گھر روانہ ہو گئے۔ رائیڈر جذباتی نظر آ رہا تھا مگر وہ کچھ بولا نہیں۔ ہومز بھی سارے راستے خاموش رہا۔ ہم جب اس کے گھر B۲۲۱ بیکر اسٹریٹ پہنچے تو ٹیکسی سے اتر کر سیدھے ہومز کی بیٹھک میں آ گئے۔ بالآخر ہومز بولا:

"مہربانی فرما کر بیٹھ جائیے مسٹر رائیڈر۔۔۔ تو ہم کہاں تھے۔۔۔ آہا، ہاں۔۔۔ تم یہ جاننا چاہتے ہو کہ ان چوبیس ہنسوں پر کیا گزری، اور شاید یہ بھی کہ ان میں سے ایک پر کیا بیتی؟ کیونکہ میرا خیال ہے کہ تمہیں صرف ایک ہی پرندے میں دل چسپی ہے۔ سفید رنگ کا وہ ہنس جس کی کالی دم تھی۔"

"اوہ جناب!۔۔۔ وہ پرندہ کہاں گیا؟" رائیڈر جذباتی ہو کر بولا۔

"وہ ایک بہت دل چسپ پرندہ تھا اور یہاں آیا تھا۔ اسے ذبح کرنے کے بعد ہمیں ایک بہت ہی حیرت انگیز چیز ملی۔۔۔ یہ رہی وہ۔"

ہمارا مہمان کمزوری کے ساتھ کھڑا ہو گیا۔ ہومز نے اپنی تجوری کھولی اور جب ہاتھ باہر نکالا تو ہیرا اس کے ہاتھ پر تھا، جو کہ آنکھوں کو ٹھنڈا اور خوب صورت لگ رہا تھا۔ رائیڈر نے ہیرے کی طرف دیکھا مگر کچھ نہیں بولا۔

ہومز نے اس سے کہا "ہمیں معلوم ہے کہ وہ تم تھے رائیڈر!۔۔۔ بیٹھ جاؤ

اور مشروب لے لو، تم بہت کمزور لگ رہے ہو۔"

میں نے رائیڈر کو ایک گلاس مشروب دیا۔ وہ بیٹھ گیا اور آہستہ سے پیتے ہوئے ہومز کو دیکھنے لگا۔ میں نے دیکھا کہ وہ خوف زدہ ہے۔

"تم مجھے زیادہ نہیں بتانا چاہو گے۔ اس معاملے کے بارے میں، میں تقریباً ہر چیز جانتا ہوں۔ مگر میرے پاس صرف ایک دو سوال ہیں پوچھنے کیلیئے۔ تم نے بیگم نواب کے نیلے ہیرے کے بارے میں کیسے سنا؟" ہومز نے پوچھا۔

"اس کی ملازمہ کیتھرائن کوسیک نے مجھے بتایا تھا۔" رائیڈر نے جواب دیا۔

"میں سمجھ گیا، تو تم اور کیتھرائین کوسیک ہیرا حاصل کر کے بیچنا چاہتے تھے تاکہ بہت ساری رقم حاصل کر سکو۔ تم نے جان ہارنر سے کہا کہ وہ آئے اور کھڑکی کی مرمت کرے کیونکہ تم اس کی پچھلی قید سے واقف تھے۔ جب وہ چلا گیا تو تم نے بیگم نواب کے زیورات کے ڈبے سے ہیرا اٹھالیا۔ پھر تم نے پولیس بلالی۔ وہ ایک بار پہلے بھی آچکے تھے۔ چونکہ ہارنر نے قید میں وقت گزارا تھا اسی لئے ان کو یقین تھا کہ ہارنر چور ہے۔ یہ سب کچھ کرنا بہت آسان تھا۔ پھر۔۔۔۔۔۔۔"

"اوہ، مہربانی کیجئے! مہربانی کیجئے! میرے والد کے بارے میں سوچئے!۔۔۔ میری والدہ کے بارے میں سوچئے!۔۔۔ میں نے اس سے پہلے کوئی غلط کام نہیں کیا، اور میں آئندہ بھی ایسی کوئی غلطی نہیں کروں گا۔ مہربانی کر کے پولیس کو مت بتایئے۔ میں نہیں چاہتا کہ میں قید میں جاؤں۔" رائیڈر نے فریاد کرتے ہوئے ہومز کے پاؤں پکڑ لئے۔

"اپنی کرسی پر بیٹھو!۔۔۔ اب تم فریاد کر رہے ہو، مگر نوجوان ہارنر کے بارے

میں تمہیں ذرا سی بھی شرم آئی ؟جو اس جرم کے بارے میں جانتا تک نہیں مگر پولیس کو یقین ہے کہ وہی ہیرا چور ہے۔ اور اسی وجہ سے وہ عدالت گیا اور اب قید ہونے جا رہا ہے۔۔۔ اور یہ سب تمہاری وجہ سے ہے۔" ہومز نے سرد مہری سے کہا۔

"میں ملک چھوڑ دوں گا مسٹر ہومز !۔۔۔ پھر جب میں عدالت ہی نہیں جاؤں گا تو ہارنر قید سے آزاد ہو جائے گا۔"

"اس معاملے کو تو ہم بعد میں دیکھ سکتے ہیں۔ مگر فی الحال ہمیں مہربانی کر کے یہ بتاؤ کہ تم نے ہوٹل سے ایک ہنس میں ہیرا کیسے حاصل کیا؟ اور کس طرح ہنس دکان میں پہنچا؟ اور مہربانی کر کے سچ بتانا۔" ہومز نے کہا۔

رائیڈر نے بتانا شروع کیا:

"جب پولیس نے ہارنر کو گرفتار کیا تو میں ہیرا جیب میں لیکر ہوٹل سے نکل گیا۔ میں ہوٹل میں مزید نہیں رکنا چاہتا تھا جبکہ پولیس ہر جگہ تھی اور ہر چیز کو دیکھ رہی تھی۔ چنانچہ میں اپنی بہن کے گھر جنوبی لندن چلا گیا۔ وہ بریکسٹن میں اپنے شوہر مسٹر اوکس ہاٹ کے ساتھ رہتی ہیں۔ میں نے اپنے راستے میں بہت سارے پولیس افسر دیکھے اور جب میں بریکسٹن روڈ پہنچا تو بہت خوف زدہ تھا۔

"کیا معاملہ ہے ؟" میری بہن نے پوچھا۔

میں نے اسے ہیرے کی چوری اور ہارنر کی گرفتاری کے بارے میں بتایا۔ پھر میں گھر کے پچھلے باغیچے میں سگریٹ نوشی کیلئے چلا گیا اور سوچنے لگا کہ اب میں اس باغ میں اس ہیرے کا کیا کر سکتا ہوں ؟

مجھے اپنا دوست 'موڈ سلے' یاد آگیا۔ اس کی شروع کی زندگی بڑی اچھی تھی مگر پھر غلط طرف چلا گیا تھا۔ بالآخر وہ اپنے جرائم کی وجہ سے قیدی بن گیا تھا۔ میں نے سوچا' شاید وہ ہیرے کی فروخت کے بارے میں جانتا ہو۔' چنانچہ میں نے شمالی لندن کے علاقے 'کلبرن' میں واقع اس کے گھر جانے کا فیصلہ کر لیا۔

مگر میں نے سوچا کہ "میں کس طرح اس ہیرے کے ساتھ چل کر لندن پار کر سکتا ہوں ؟ سڑکوں پر لگی پولیس افسروں کی اس بھیڑ میں ہیرے کو جیب میں رکھ کر تو نہیں لے جا سکتا۔" پھر میں نے باغ میں ٹہلتے ہنسوں کی طرف دیکھا اور کچھ سوچا۔ میں یہ جانتا تھا کہ ان میں سے ایک ہنس میرے عید کے عشائیے کے لئے ہے۔ لہٰذا میں نے فیصلہ کیا کہ اپنا ہنس اسی جگہ اور اسی وقت حاصل کروں اور انتظار نہ کروں۔

میں نے جلدی سے ایک کالی دم والا بڑا سفید ہنس پکڑا۔ پھر میں نے جلدی سے اپنی جیب میں سے ہیرا نکال کر ہنس کے منہ میں ڈال دیا۔ میں نے محسوس کیا کہ ہیرا ہنس کی گردن سے نیچے اتر گیا ہے۔ ہیرا اب ہنس کے اندر تھا اور میں خوش تھا کہ اب میں آسانی سے چل کر کلبرن کو واپس ہو سکتا ہوں۔

اسی لمحے میری بہن باغیچے میں آگئی۔

"تم اس ہنس کے ساتھ کیا کر رہے ہو؟" اس نے کہا۔

میں نے پکڑا ہوا ہنس چھوڑ دیا اور وہ دوسرے ہنسوں کے ساتھ بھاگ گیا۔ میں نے کہا" میں عید کے لئے یہی ہنس لینا چاہتا ہوں۔"

"بہت اچھا، اسے پکڑو، ذبح کرو اور اپنے ساتھ لے جاؤ۔" وہ بولی۔

بس مسٹر ہومز، میں نے پرندہ پکڑا، ذبح کیا اور اپنے ساتھ کلبرن لے گیا۔ وہاں میں نے اپنے دوست موڈسلے کو ہیرے کے بارے میں سب کچھ بتایا تو وہ ہنسا اور خوب ہنسا۔ ہم نے چھری لے کر ہنس کو چیر دیا مگر ہمیں ہیرا نہیں ملا۔ میں سمجھ گیا کہ کچھ غلط ہو گیا ہے۔ میں نے ہنس موڈسلے کے پاس ہی چھوڑا اور بہن کے گھر کی طرف دوڑا۔ وہاں پہنچ کر سیدھا پچھلے باغیچے میں گیا مگر وہاں کوئی ہنس نہیں تھا۔

"میگی! کہاں گئے یہ سب؟" میں نے پوچھا۔

"کووینٹ گارڈن میں مسٹر بریکن رج کی دکان پر۔"

"یہاں دو کالی دم والے پرندے تھے۔" میں نے پوچھا۔

"ہاں تھے تو سہی جیمز۔ اور میری نظر میں تو ان دونوں میں کوئی ایک بھی فرق نہیں تھا۔" وہ بولی۔

میں ساری بات سمجھ گیا تھا کہ ہیرا کالی دم والے دوسرے ہنس کے اندر ہے اور وہ ہنس اب بریکن رج کی دکان میں ہے۔ میں ایک مرتبہ پھر کووینٹ گارڈن میں بریکن رج کی دکان کی طرف بھاگا مگر ہنس اب اس کی دکان میں نہیں تھے۔ میں نے جب اس سے ان کے بارے میں پوچھا تو اس نے بتایا کہ "میں نے وہ سارے ایک ہی بار میں فروخت کر دیئے ہیں۔"

"مگر تم مجھے یہ لازمی بتاؤ کہ اب وہ کہاں ہیں؟" میں نے اس سے بار بار پوچھا مگر اس نے مجھے نہیں بتایا۔ آپ نے اور ڈاکٹر واٹسن نے آج رات کے پہلے حصے میں اسے سنا ہی تھا۔ مسٹر ہومز! اس نے میرے کسی سوال کا کوئی جواب نہیں دیا۔

اب میری بہن کیا سوچے گی کہ میں ایک خطرناک بھائی ہوں۔ میں ایک چور ہوں اور میں اپنی ساری نیک نامی گنوانے جا رہا ہوں۔ اور اس سب کے بعد بھی میں اپنے جرم سے کوئی رقم حاصل نہیں کر پایا۔ آہ۔۔۔ اب آپ میرے ساتھ کیا کرنے جا رہے ہیں؟"

وہ اپنا چہرہ دونوں ہاتھوں میں چھپا کر رونے لگا۔

ہومز نے کوئی لمبی چوڑی بات نہیں کی۔ آخر میں اس نے اٹھ کر دروازہ کھولا۔

"نکل جاؤ۔" اس نے کہا۔

"اوہ۔۔۔ شکریہ! بہت شکریہ جناب۔" رائیڈر نے کہا۔

"خاموش ہو جاؤ اور نکل جاؤ۔" ہومز نے دوبارہ کہا۔ اس کے ساتھ ہی رائیڈر دروازے کی طرف دوڑا۔ سیڑھیاں اترا اور سڑک پر دور ہوتا چلا گیا۔

ہومز بولا "اس سب کچھ کے بعد واٹسن! یہ میری ذمہ داری نہیں ہے کہ میں پولیس کے لئے اُن کا کام کروں، جبکہ نوجوان ہارنر کے حق میں بھی سب ٹھیک ہونے جا رہا ہے۔ رائیڈر تو اب عدالت جائے گا نہیں۔ اور اس کے بغیر پولیس کے پاس کوئی گواہی نہیں ہے کہ جس کی بنیاد پر وہ کہہ سکے کہ ہارنر چور ہے۔

شاید میں کچھ غلط کرنے جا رہا ہوں مگر میں اس پر یقین نہیں رکھتا۔ میرا خیال ہے کہ میں ایک اچھا انسان بننے میں رائیڈر کی مدد کر رہا ہوں۔ ابھی اسے قید میں بھیجنے کا مطلب یہ ہے کہ آپ اسے ساری زندگی کے لئے چور بنا رہے ہیں۔ جبکہ اس وقت وہ خوف زدہ ہے اور آئندہ وہ کبھی غلط کام نہیں کرے گا۔ ہمیں جرائم کا حل مل گیا ہے اور اس بات سے مجھے خوشی ہوئی ہے۔

اور پھر عید بھی تو ہے۔ اور اس سب کے باوجود میں اس بات پر یقین رکھتا ہوں کہ عید دوسروں کے ساتھ خوش اخلاقی کے ساتھ پیش آنے کا نام ہے۔

اور واٹسن! اب مسز ہڈسن سے کہو کہ ہمارے لئے رات کا کھانا لے آئے۔"

***

۶

پُر اسرار قتل

--

موسم بہار ۱۸۹۴ء کی بات ہے، لندن میں رونالڈ اڈیر کے قتل نے ہلچل مچا رکھی تھی۔ پولیس نے سر توڑ کوشش کی کہ قاتل کا پتا چلا لے، مگر ناکام رہی۔ حتیٰ کہ وہ یہی نہیں جان پائی کہ قتل کیونکر ہوا۔ تب مجھے اپنا سراغ رساں دوست شرلاک ہومز بہت یاد آیا۔ وہ تین سال قبل دنیا کے ذہین ترین مجرم، پروفیسر موریارٹی کے ساتھ گھتم گتھا ہوتے سوئٹزرلینڈ کی آبشار رایشاخ میں گر کر ہلاک ہو گیا تھا۔

رونالڈ اڈیر لندن کی اشرافیہ سے تعلق رکھتا تھا۔ اس کا باپ ارل آف مے نوتو آسٹریلوی نو آبادی، سڈنی کا گورنر تھا۔ اس کا گھرانا لندن کے علاقے، پارک لین کے مکان نمبر ۴۲۷ میں مقیم تھا۔ رونالڈ تاش کھیلنے کا شوقین تھا اور اکثر رات کو دوستوں کے ساتھ جوا بھی کھیلتا۔ مارچ ۱۸۹۴ء کو رات کا کھانا کھا کر وہ بالڈون کلب چلا گیا۔ وہاں وہ اپنے تین دوستوں، مرے، سر جان ہارڈی اور کرنل کے ساتھ بازیاں کھیلنے میں مصروف رہا۔ اس رات وہ جوئے میں پانچ پاؤنڈ ہار گیا تاہم یہ زیادہ بڑی رقم نہیں تھی۔ پھر ایک ہفتہ قبل ہی اس نے سر جان ہارڈی کے ساتھ مخالف جوڑے کو ہرا کر

جوئے میں چار سو پاؤنڈ کی خطیر رقم جیتی تھی۔

بالڈون کلب سے رونالڈ رات ۱۰ بجے کو واپس پہنچا۔ اس کی ماں اور بہن کسی رشتے دار کے ہاں گئی ہوئی تھیں۔ وہ پہلی منزل پر واقع اپنے کمرے میں چلا گیا۔ ملازمہ نے اُسے چائے دی اور پھر واپس چلی آئی۔ ماں اور بہن ساڑھے گیارہ بجے لوٹیں۔ ماں کا معمول تھا کہ وہ سونے سے قبل بیٹے کا ماتھا چومتی تھی۔ ماں نے بیٹے کے کمرے کا دروازہ کھولنا چاہا، تو وہ خلاف معمول بند تھا۔ ماں نے کئی بار دستک دی، مگر دروازہ نہ کھلا تو وہ متوحش ہوگئی۔ چنانچہ گھر کے ملازم کو بلایا گیا جس نے دروازہ توڑ ڈالا۔ پریشان اہل خانہ اندر پہنچے تو دیکھا کہ رونالڈ اپنی میز کے نزدیک گرا پڑا ہے۔ اس کا سر و چہرہ خونم خون تھا۔ ریوالور کی ایک گولی نے کھوپڑی میں خاصا بڑا سوراخ کر دیا تھا۔ میز پر کرنسی نوٹ تین چار ڈھیریوں کی شکل میں پڑے تھے۔ ساتھ ہی ایک کاغذ پڑا تھا جس میں رونالڈ کے دوستوں کے نام درج تھے۔ یہ عیاں تھا کہ وہ جیتی ہوئی رقم کا حساب کتاب کر رہا تھا۔ پولیس کو کمرے میں سے آلہ قتل نہیں ملا۔ حقیقتاً قتل اتنا پُراسرار تھا کہ سراغ رساں اس کی گتھی سلجھا نہ سکے۔ پہلا سوال تو یہی تھا کہ رونالڈ نے اپنے کمرے کا دروازہ کیوں بند کیا؟ پہلے پولیس یہی سمجھی کہ مجرم نے دروازہ بند کیا پھر کمرے کی کھڑکی سے فرار ہوگیا۔ لیکن کھڑکی پورے ۲۵ فٹ بلند تھی۔ پھر اس کے عین نیچے ایک بڑی کیاری میں سیکڑوں پھول کھلے تھے۔ پولیس کو کیاری اور اس قطعہ گھاس سے بھی قدموں کے نشان یا ابتری کے آثار نہ ملے جو گھر اور سڑک کے مابین موجود تھی۔ اس کا مطلب یہ تھا کہ مقتول نے خود دروازہ بند کیا۔

لیکن پھر اس کا موت سے سامنا کیسے ہوا؟ ظاہر ہے کوئی کھڑکی سے چڑھتا اور اترتا، تو وہ کچھ نشانی تو چھوڑ کر جاتا۔ شاید سڑک سے کسی نے اس پر فائر کیا۔ تب وہ یقیناً ماہر نشانے باز تھا جس نے ننھے ریوالور سے گولی مار کر رونالڈ کو ہلاک کر دیا۔

مگر یہ مسئلہ بھی تھا کہ پارک لین میں ہر وقت خاصی گہما گہمی رہتی تھی۔ گھر سے سو گز دور ہی تانگوں کا اڈہ تھا۔ لیکن کسی نے گولی کی آواز نہیں سنی اور نہ ہی کسی کو فائر کرتے دیکھا گیا۔ اس کے باوجود ریوالور سے گولی چلی جس نے ایک نوجوان کا دماغ چھید ڈالا۔ اس اسرار کو یہ بات مزید گمبھیر بنا ڈالتی ہے کہ رونالڈ کی کسی سے دشمنی نہیں تھی۔ قاتل چور بھی نہیں تھا، ورنہ میز پر رقم نہ دھری ہوتی۔

یہ حادثہ اتنا پر اسرار تھا کہ میں بھی تجسس کے ہاتھوں مجبور ہو کر پارک لین پہنچ گیا۔ گھر کے باہر خاصا ہجوم تھا۔ لوگ اپنے اپنے نقطہ نظر سے کیس کی تشریح کر رہے تھے۔ ہجوم کے باعث میں ایک بوڑھے اور خمیدہ کمر والے بوڑھے سے ٹکرا گیا۔ اس نے کچھ کتابیں تھام رکھی تھیں جو زمین پر جا گریں۔ بوڑھے نے مجھے غصے سے دیکھا، کتابیں اٹھائیں اور ہجوم میں گم ہو گیا۔

پارک لین کا جائزہ لینے سے میرے ذہن میں بنے تانے بانے مزید الجھ گئے۔ گھر اور سڑک کے درمیان چار فٹ اونچی دیوار حائل تھی۔ جہاں پر کوئی بھی بالغ اُسے پھلانگ کر اندر آسکتا تھا۔ لیکن کھڑکی کے قریب کوئی پائپ یا ایسی شے نہیں تھی جس کی مدد سے کوئی چست و چالاک شخص اُوپر چڑھ جاتا۔

چنانچہ میں مزید اُلجھن میں مبتلا ہو کر گھر واپس آیا۔ اب میں اپنے کمرے میں بیٹھا ہی تھا کہ ایک انوکھا مہمان آموجود ہوا ۱۳۳۱ وہی بوڑھا جس سے میں پارک لین

میں ٹکرایا تھا۔ اس نے بتایا کہ وہ گھوم پھر کر قیمتی کتابیں فروخت کرتا ہے۔ اور پھر دریافت کیا "کیا آپ کو برطانوی پرندوں، جنگوں یا ہمالیہ کے متعلق کتب درکار ہیں؟"

میں نے کتابوں کی اپنی الماری پر کچھ دیر نگاہ جمائے رکھی اور پھر مہمان کو دیکھا، تو یہ دیکھ کر چونک اٹھا کہ وہاں شرلاک ہومز بیٹھا مسکرا رہا تھا۔ اُسے زندہ دیکھ کر قدرتاً میں غش کھا گیا اور چند لمحے کے لیے اپنے حواس کھو بیٹھا۔

دس پندرہ منٹ بعد میں میرے حواس بحال ہوئے تو میں نے اپنے دوست کی داستان سنی۔ اس نے بتایا "پروفیسر موریارٹی مجھے گھاٹی میں گرانا چاہتا تھا۔ لیکن آخری لمحے میں اس کی گرفت سے آزاد ہونے میں کامیاب رہا۔ یوں زندہ بچ گیا۔ یہ قدرت کی طرف سے بہترین انعام تھا۔

"واٹسن! وجہ یہ ہے کہ مجھے علم تھا، ابھی میرے تین انتہائی خطرناک دشمن باقی ہیں۔ اب میری موت کی خبر کھلتی، تو وہ بے پرواہ ہو جاتے۔ تب اس عالم بے خبری میں انھیں دبوچنا آسان تھا۔ اسی لیے میں گھاٹی کے نیچے سے ہوتا ہوا دوسری طرف جانکلا۔ یہ راستہ اوپر سے نظر نہیں آتا۔ اسی لیے تم ہمیشہ یہی سمجھتے رہے کہ میں مر چکا۔

"میں واپس شہر کی طرف جا رہا تھا کہ مجھ پہ کسی نے فائر کیا۔ اس کا مطلب تھا کہ پروفیسر موریارٹی تنہا نہیں تھا۔ اس کے کسی ساتھی نے اُسے مرتے دیکھا اور اب وہ میرے پیچھے تھا۔ لیکن خوش قسمتی نے پھر مجھے موت کے منہ میں جانے سے بچا لیا۔ میں پھر مختلف ملکوں میں گھومتا پھرتا رہا۔ اپنے زندہ ہونے کی خبر صرف اپنے

بھائی، مے کرافٹ کو دی تاکہ وہ میرے گھر کی دیکھ بھال کرتا رہے اور اُسے اجڑنے نہ دے۔ اور واٹسن! اگر میں تمھیں اپنے زندہ ہونے کی خبر دیتا، تو تم اپنی کہانیوں میں بڑے دردناک انداز میں میری موت کی خبر نہ دیتے۔

"میں چند روز قبل ہی لندن پہنچا ہوں۔ اس دوران پارک لین میں پراسرار قتل ہو گیا۔ یہ کیس میرے مزاج کے مطابق تھا، لہٰذا اُسی کی سن گن لینے وہاں پہنچا۔ اُدھر تم سے ملاقات ہو گئی اور اب تمھارے سامنے براجمان ہوں۔" یہ داستان سن کر میرے ذہن میں کئی سوال چکر کھانے لگے۔ ہومز میرا مدعا تاڑ گیا اور مسکرا کر بولا "واٹسن، اگر میں نے تمھیں دکھ دیا، تو اُسے بھول جاؤ۔ اب کام کرنے کا وقت ہے۔ آج رات ساڑھے نو بجے ہم نے خالی مکان میں پہنچنا ہے۔"

ہومز رات کو نو بجے میرے گھر پہنچ گیا۔ میں نے اپنا ریوالور جیب میں رکھا اور اس کے ساتھ باہر ہو لیا۔ ہم پھر ٹم ٹم میں بیٹھے۔ دوران سفر ہومز خاموش رہا۔ اس پر مخصوص گہری سنجیدگی طاری تھی۔ سوچتے ہوئے وہ ہوا میں خیالی دائرے بھی بناتا رہا۔ میرا خیال تھا کہ ہم بیکر اسٹریٹ جا رہے ہیں، مگر اس نے کیونڈش سکوائر پہ ٹم ٹم روک لی۔ اترتے وقت ہومز نے بڑے غور سے اِدھر اُدھر دیکھا اور پھر مجھے لیے سامنے گلی میں ہو لیا۔ اس دوران ہومز کی پوری کوشش رہی کہ یہ دیکھ سکے، کوئی ہمارا پیچھا تو نہیں کر رہا۔

ہم چھوٹی بڑی گلیوں میں چلنے لگے۔ ہومز لندن کے چپے چپے اور ہر کونے کھدرے سے واقف تھا۔ ہر گلی اور چوک سے وہ تیزی سے گزرتا، تاکہ کسی کی نظروں میں نہ آسکے۔ اس رات ہومز نے مجھے ایسی گلیوں کی سیر کرائی جو میں نے

کبھی نہیں دیکھی تھیں۔ آخر ایک پتلی گلی سے ہوتے ہوئے ہم ایک وسیع و عریض ویران واُجاڑ مکان کے پچھواڑے پہنچ گئے۔ ہم پچھلے حصے میں موجود دروازہ کھول کر اندر داخل ہوئے۔

مکان میں بالکل اندھیرا تھا۔ ہومز اپنی غیر معمولی حسّوں کے سہارے میرا ہاتھ پکڑے آگے بڑھتا رہا۔ لگتا تھا کہ وہ پہلے یہاں آچکا ہے۔ آخر ہم ایک بڑے کمرے میں داخل ہوئے جس کی کھڑکی سے روشنی چھن کر اندر آرہی تھی۔ میرا دوست میرے کانوں کے نزدیک اپنے لب لایا اور سرگوشی کی "واٹسن! تم جانتے ہو کہ ہم کہاں ہیں؟"

میں باہر جھانکتے اور گردو پیش پہچانتے ہوئے بولا "ارے ہم تو بیکر اسٹریٹ میں ہیں۔"

"ہاں، یہ کیمڈن ہاؤس ہے جو طویل عرصے سے خالی پڑا ہے۔ اس کمرے کی کھڑکی سے میرے فلیٹ کا اندرونی منظر صاف نظر آتا ہے۔ اب ذرا کھڑکی سے دور رہتے ہوئے ہی میرے فلیٹ کو دیکھو، شاید وہاں ایک منظر تمھیں ششدر کر دے۔"

میں نے حیرت سے ہومز کو دیکھا اور پھر بغور اس کے فلیٹ کو دیکھا، واقعی وہاں کا منظر دیکھ کر میری آنکھیں پھٹی کی پھٹی رہ گئیں۔ کمرے میں ہو بہو ہومز کی شکل کا ایک آدمی بیٹھا تھا۔ کمرے میں خوب روشنی تھی۔ لہٰذا وہ دور سے بھی واضح نظر آرہا تھا۔ وہ میز پر بیٹھا کچھ لکھنے میں مصروف تھا۔ اس کی شکل وہیئت ہومز سے اتنی زیادہ ملتی جلتی تھی کہ میں چکرا کر رہ گیا۔

میں نے مڑ کر مدہم روشنی میں ہومز کو دیکھا، تو وہ مسکرا رہا تھا۔ میں نے کہا "دوست! خدا کے لیے مجھے فوراً سچ بتاؤ، ورنہ میں پاگل ہو جاؤں گا۔" ہومز بولا "ارے یہ میرا مومی مجسمہ ہے۔ بنانے والے کو داد دو کہ اس نے بڑی مہارت سے بنایا۔ قریب پہنچ کر بھی معلوم نہیں پڑتا کہ وہ بے جان ہے۔ یہ بتاؤ، یہی لگتا ہے نہ کہ میں وہاں بیٹھا ہوں۔"

میں نے کہا "میں قسم کھانے کو تیار ہوں کہ وہ تم ہی ہو۔ لیکن تم نے یہ مجسمہ کیوں بنوایا؟"

"میرے دوست واٹسن اس لیے کہ میری نگرانی شروع ہو چکی۔"

"نگرانی؟ مگر تمھاری نگرانی کون کر رہا ہے؟"

"جو میری جان کے دشمن ہیں۔ میں نے کل صبح ایک مقامی مجرم کو اپنے فلیٹ کے آس پاس منڈلاتے دیکھا۔ مجھے اس سے کوئی خطرہ نہیں، لیکن مقامی مجرم کا باس بڑا خطرناک آدمی ہے۔ مجھے اسی کی فکر ہے۔ وہی اس وقت لندن کا سب سے شاطر اور خطرناک مجرم ہے۔ لیکن میں وثوق سے کہہ سکتا ہوں کہ اُسے خبر نہیں، ہم اس کے پیچھے ہیں۔ واٹسن، صرف وہ اور اس ساتھی جانتے ہیں کہ میں زندہ ہوں۔ اسی نے سوئٹزرلینڈ میں مجھ پر گولی چلائی تھی، لیکن میں بچ گیا۔"

ہومز کی باتیں سن کر مجھے اس کا منصوبہ سمجھ آ گیا۔ وہ اس ویران و سنسان مکان میں پوشیدہ رہ کر ان لوگوں کی تاک میں تھا جو اس کا پیچھا کر رہے تھے۔ گویا ہم شکاری بن گئے تھے اور ہم نے چارہ پھینک ڈالا تھا۔ ہم پھر کھڑکی سے کچھ دور کھڑے ہو کر مجرم یا مجرموں کا انتظار کرنے لگے۔

کھڑکی کے باہر کا منظر واضح نظر آتا تھا۔ مرد و خواتین آ جا رہے تھے اور رات ہونے کے باعث سردی بڑھ گئی تھی۔ چنانچہ سبھی لوگ موٹے کپڑوں میں ملبوس تھے۔ کافی وقت گزر گیا مگر کوئی مشکوک فرد یا افراد نظر نہ آئے۔ ہومز فرش پہ جوتے بجا کر اپنی بے چینی کا اظہار کرنے لگا۔ میں بھی بے صبری کا شکار تھا۔ اچانک میں نے دیکھا کہ ہومز کے مومی مجسمے میں حرکت ہوئی اور اس نے پہلو بدل لیا۔ یہ دیکھ کر میرے حلق سے چیخ نکلتے نکلتے رہ گئی۔

میں نے ہولے سے کہا "ارے وہ مجسمہ تو ہل رہا ہے۔" ہومز میری گھبراہٹ سے قطعاً پریشان نہ ہوا اور اطمینان سے بولا "ارے بھئی میں ملازمہ کو کہہ آیا تھا کہ وہ ہر دس پندرہ منٹ بعد گھٹنوں کے بل چل کر مجسمے کے پاس جائے اور اسی کا رخ بدل دے، تاکہ کسی کو شک نہ ہو ۱۳۳ "ارے یہ کیا؟"

ہومز اچانک کوئی آواز سن کر ہوشیار ہو گیا۔ اس نے ساری حسیات آنے والی آواز پہ مرکوز کر دیں۔ وہ تن کر کھڑا ہوا اور کسی چاق چوبند چیتے کے مانند نظر آنے لگا۔ اس نے اپنے ہونٹوں پر انگلی رکھ کر مجھے خاموش رہنے کا اشارہ کیا، پھر میرا ہاتھ پکڑ کر مجھے کمرے کے کونے میں لے گیا جہاں گھپ اندھیرا تھا۔

ابتداً مجھے سمجھ نہیں آئی کہ ہومز یکایک کیوں پریشان ہو گیا۔ پھر مجھے بھی وہ آواز آنے لگی جو اس کی طاقتور سمعی حس نے سن لی تھی۔ یہ آواز بیکر سٹریٹ نہیں اسی مکان کے پچھواڑے سے آ رہی تھی جس میں ہم چھپے بیٹھے تھے۔

کوئی شخص ہولے ہولے چلتا ہماری طرف آ رہا تھا۔ چونکہ مکان خالی تھا، لہٰذا احتیاط سے رکھے قدم بھی خاصی آواز پیدا کر رہے تھے۔ ہومز کونے میں مزید دبک

گیا۔ میں بھی اس کے ساتھ تھا۔ البتہ میرا ہاتھ سرک کر جیب میں پہنچا اور ریوالور پر اس کی گرفت مضبوط ہو گئی۔

تھوڑی دیر بعد ہمیں ایک سایہ کمرے میں داخل ہوتا نظر آیا۔ اس نے ہماری طرح سیاہ لباس پہن رکھا تھا۔ لہٰذا کسی بے خبر آدمی کے لیے اُسے اندھیرے میں پہچاننا بڑا مشکل تھا۔ وہ کچھ دیر رکا اور کھڑکی کی طرف دیکھا۔ تب میں ریوالور نکالنے کے لیے تیار ہو گیا۔ لیکن اس نے اِدھر اُدھر نگاہ نہ دوڑائی اور کھڑکی کی طرف چل پڑا۔

وہ پوری طرح اپنے آپ میں مگن تھا۔ وہ ہماری طرف متوجہ ہوئے بغیر بہ سرعت اپنے کام میں مشغول ہو گیا۔ اس نے پہلے بڑی آہستگی و صفائی سے کھڑکی کا شیشہ آدھا فٹ اُٹھایا۔ تب سڑک کی جانب سے آنے والی روشنی براہِ راست اس کے چہرے پہ پڑی۔ وہ ایک بوڑھا چہرہ تھا، طوطے جیسی لمبی ناک اور چوڑا ماتھا۔ اس کی آنکھیں ستاروں کے مانند چمک رہی تھیں۔

وہ ایک چھڑی تھامے ہوئے تھا۔ لیکن جب اس نے اُسے زمین پر رکھا، تو کسی دھات کے مانند ٹن ٹن کی آواز آئی۔ اس نے پھر جیب سے کوئی بھاری شے نکالی اور اُسے بظاہر چھڑی میں نصب کرنے لگا۔ تھوڑی دیر بعد ٹھک کی آواز آئی جیسے کوئی لیور اپنی جگہ جم گیا۔ وہ پھر جھک کر کچھ کرنے لگا اور جب اُٹھا تو اس کے ہاتھ میں بندوق نما کوئی شے نظر آئی۔ اس کا دستہ یا بٹ غیر معمولی طور پر بڑا تھا۔

اس کارروائی کے بعد وہ گھٹنوں کے بل بیٹھا اور بندوق کی نالی کھڑکی کی گگر پر رکھ دی۔ اس کی نگاہیں ہومز کے فلیٹ پر جمی ہوئی تھیں۔ آدمی نے پھر دستہ کندھا

پر ٹکایا اور شست باندھ لی۔ تب وہ انتہائی ہوشیار نظر آرہا تھا۔ اچانک زوں کی خاصی بلند مگر عجیب سی آواز آئی اور پھر شیشہ ٹوٹنے کی!

اسی لمحے ہومز چیتے کی طرح اُچھلا اور بندوقچی پر جا پڑا۔ دونوں گتھم گتھا ہو کر فرش پر لیٹ گئے۔ آدمی نے ہومز کو لات ماری اور چاہا کہ فرار ہو جائے، لیکن میں نے پوری قوت سے اپنے بھاری ریوالور کا دستہ اس کے سر پر دے مارا۔ وہ کراہتے ہوئے فرش پر ڈھیر ہو گیا۔

اسی وقت ہومز کے حلق سے سیٹی کی آواز بلند ہوئی۔ تھوڑی ہی دیر میں مجھے قدموں کی آوازیں سنائی دیں۔ جلد ہی تین آدمی وہاں آپہنچے۔ ان میں سے ایک کو میں فوراً پہچان گیا، وہ مقامی پولیس کا سراغ رساں، جیمز لیسٹر تھا۔ اس کے ساتھ دو باوردی سپاہی تھے۔

ہومز اُسے دیکھتے ہی بولا "اخاہ لیسٹر! تم بروقت پہنچ گئے۔"

لیسٹر نے کہا!" مسٹر ہومز! آپ نے لندن پہنچتے ہی پہلا شکار قابو کرلیا۔ مبارک باد قبول فرمایئے۔"

"بس میں نے سوچا کہ پولیس کو غیر سرکاری مدد مل جائے۔ اس سال تین قتل کے کیس وہ حل نہیں کرپائی۔"

اس دوران ہم سب اُٹھ کھڑے ہوئے۔ دونوں سپاہی قیدی کے دائیں بائیں کھڑے ہوگئے۔ تبھی سپاہیوں نے ہاتھوں میں تھامی ٹارچیں بھی روشن کر دیں۔ یوں قیدی مجھے اچھی طرح نظر آنے لگا۔ اس کے چہرے سے درشتی اور خباثت ٹپک رہی تھی۔ وہ شعلہ بار نظروں سے ہمیں دیکھ رہا تھا۔ وہ پھر ہومز کو کھا جانے والی نگاہوں

سے گھورنے لگا۔ تبھی وہ بولا "تو بہت چالاک نکلا، شیطان کہیں کے!"

مگر ہومز پر اس جملے کا کچھ اثر نہ ہوا۔ وہ اپنا لباس درست کرتے ہوئے گویا ہوا 'ہاکرنل! سفر اکثر عاشقوں کے ملاپ پہ اختتام پذیر ہوتے ہیں، جیسا کہ شیکسپئیر نے ایک ڈرامے میں لکھا ہے۔ میرا خیال ہے، آبشار والے واقعے کے بعد آج تم سے ملاقات ہوئی ہے۔"

کرنل بدستور غصیلی آنکھوں سے اُسے دیکھتا رہا اور بس یہی کہہ سکا "تو بہت عیار و مکار ہے۔" ہومز پھر مجھ سے مخاطب ہوا "واٹسن! میں نے تم سے اس کا تعارف نہیں کرایا۔ اس جینٹل مین کا نام کرنل سباسٹین موران ہے۔ کسی وقت ہندوستان میں شاہی فوج کا افسر تھا۔ وہیں ماہر شکاری بن کر واپس آیا۔ کیوں کرنل! میں نے سنا ہے کہ تم نے ہی سب سے زیادہ ہندوستانی شیر مارے ہیں؟"

طیش میں آیا بوڑھا کچھ نہ بولا، بس پہلے کے مانند اُسے گھورتا رہا۔ وہ اپنی وحشیانہ نظروں اور لمبی مونچھوں کی وجہ سے خود شیر لگتا تھا۔ ہومز دوبارہ بولا "مجھے حیرت ہے کہ تم تجربے کار شکاری ہوتے ہوئے بھی میرے بچھائے دام میں پھنس گئے۔ البتہ تم نے بھی مجھے چھوٹی سی حیرت میں مبتلا کیا۔ میرے وہم و گمان میں نہ تھا کہ تم بھی اس خالی مکان میں پہنچ کر اسی خالی کھڑکی سے فائدہ اٹھاؤ گے۔ میرا خیال تھا کہ تم سڑک سے وار کرو گے۔ اسی لیے پولیس بھی تمھارا وہیں انتظار کر رہی تھی۔"

کرنل موران نے کوئی جواب نہ دیا بلکہ سرکاری سراغ رساں کی جانب مڑتے ہوئے بولا "قانون کے پاس مجھے گرفتار کرنے کی کوئی نہ کوئی وجہ تو ہوگی؟" جیمز لیسٹر بولا "تم نے مسٹر ہومز پہ قاتلانہ حملہ کیا ہے، یہ کوئی معمولی جرم نہیں۔ اگر ان

کے گھرڈمی کی جگہ وہ خود ہوتے، تو یقیناً عالم بالا پہنچ چکے ہوتے۔"

اس دوران ہومز نے فرش پہ گری طاقتور ایئر گن اٹھائی اور اس کا جائزہ لینے لگا۔ میں نے آج تک ایسی انوکھی ایئر گن نہیں دیکھی تھی جو ریوالور کی گولی چلانے پر قادر تھی۔ ہومز اس کے میکنزم کی پڑتال کر کے بولا "یہ قابل تعریف اور یکتا ہتھیار ہے۔ زیادہ شور کیے بغیر ریوالور کی گولی دور تک پھینکنے کی صلاحیت رکھتا ہے۔ مجھے معلوم ہے کہ یہ ایئر گن ایک جرمن مکینک، وان ہرڈر نے پروفیسر موریارٹی کے لیے بنائی تھی۔ میں عرصہ دراز سے اس کی موجودگی سے باخبر تھا، لیکن آج ہی دیکھنے کا اتفاق ہوا۔ لیسٹر اِسے سنبھال کر رکھنا، یہ بہت نادر و نایاب شے ہے۔"

لیسٹر ایئر گن لیتے ہوئے گویا ہوا "مسٹر ہومز! آپ اطمینان رکھیے، ہم اس کی خوب حفاظت کریں گے۔ اچھا ہم چلتے ہیں۔ آپ کچھ اور کہنا چاہیں گے؟"

"یہ بتاؤ کہ کرنل پر چارج کیا لگاؤ گے؟"

"یہی چارج کہ اس نے مسٹر شرلاک ہومز پر قاتلانہ حملہ کیا۔

"نہیں نہیں لیسٹر، میں مقدمے بازی میں نہیں پڑنا چاہتا۔ اور نہ ہی یہ خواہش ہے کہ میرا اس معاملے میں نام آئے۔ کرنل کو گرفتار کرنے پر ساری نیک نامی اور شہرت کا سہرا تمھارے ہی سر بندھنا چاہیے۔ لیسٹر تمھیں مبارک ہو کہ تم نے بے مثال ذہانت اور پیشہ ورانہ مہارت کا استعمال کرتے ہوئے اسے پکڑ ہی لیا۔" سراغ رساں نے حیرت سے پوچھا "پکڑ لیا؟ مسٹر ہومز کسے پکڑ لیا؟"

"ارے بھئی جس کے پیچھے لندن کی ساری پولیس لگی ہوئی ہے۔ یہ کرنل سباستین موران ہی تو ہے جس نے رونالڈ اڈیر کو گولی ماری۔ آلہ قتل یہی ایئر گن

ہے۔ ۴۲۷، پارک لین کے سامنے والے فلیٹ کی دوسری منزل سے گولی چلائی گئی جس نے نوجوان کا کام تمام کر ڈالا۔ لیسٹر، اس پہ یہی چارج ڈالو۔ کیس کی تفصیل تمھیں بعد میں بتاؤں گا۔"

تھوڑی دیر بعد ہم ہومز کے گھر دروازے پر دستک دے رہے تھے۔ اس کی ملازمہ، مسز اینڈرسن نے دروازہ کھولا۔ ہم تینوں اس کمرے میں پہنچے جہاں میرے دوست کا مومی مجسمہ رکھا تھا۔ مسز اینڈرسن اُسے دیکھ کر بولی" مسٹر ہومز! مجھے افسوس ہے کہ آپ کا یہ مومی مجسمہ خراب ہوگیا۔ گولی اس کا سر چھیدتی سامنے والی دیوار پر جا لگی۔ میں نے اُسے قالین سے اٹھایا۔ وہ یہ رہی!"

ہومز نے گولی ہاتھ میں تھامی اور مجھے دیکھ کر بولا" واٹسن! دیکھو، یہ ریوالور کی گولی ہے۔ یہی تو ان کم بختوں کی چالاکی ہے کہ کسی کو یقین نہیں آسکتا، یہ گولی ایئر گن سے فائر ہوئی۔ آؤ ذرا بیٹھ کر اس سارے کیس پر گفتگو کرتے ہیں۔ کیا تم نے کرنل موران کا نام سنا ہے؟"

میں نے نفی میں سر ہلایا، تو ہومز آپ بیتیوں کی تازہ کتاب اپنی الماری سے نکال لایا اور مجھے تھمادی۔ میں پڑھنے لگا۔ موران، سباستین، کرنل۔ پیدائش لندن۔ ۱۸۴۰ء میں پیدا ہوا۔ آج کل بے روز گار ہے۔ شاہی فوج میں ملازم رہا۔ ہندوستان اور افغانستان میں خدمات انجام دیں۔ ماہر شکاری ہے۔" اس پیراگراف کے نیچے ہومز نے پنسل سے لکھ رکھا تھا" لندن کا خطرناک ترین آدمی۔"

میں نے ہومز کو کتاب دیتے ہوئے کہا" بڑی عجیب بات ہے۔ اس کا کیریئر معزز فوجیوں والا ہے۔"

میرا دوست بولا "تم نے درست کہا۔ کرنل نے فوج میں کئی مواقع پر دلیری دکھائی۔ لیکن واٹسن، بعض درخت مخصوص بلندی پر پہنچ کر ٹیڑھے ہو جاتے ہیں۔ یہ مسئلہ کچھ انسانوں کے ساتھ بھی پیش آتا ہے۔

"جب کرنل موران فوج سے سبکدوش ہو کر لندن پہنچا، تو کچھ ہی عرصے میں اس کی جمع پونجی ختم ہو گئی۔ وہ نوکری کی تلاش میں تھا کہ پروفیسر موریارٹی کے ہتھے چڑھ گیا۔ وہ جانتا تھا کہ یہ سابق فوجی ماہر نشانے باز ہے۔ چنانچہ پروفیسر نے اُسے منہ مانگی رقم دی اور کرنل سے بحیثیت ٹارگٹ کلر کام لینے لگا۔

"جب عام مجرم کسی مطلوبہ شخص کو ٹھکانے نہ لگا پاتے، تو پروفیسر اسی سے کام لیتا۔ مثلاً ۱۸۸۷ء میں لاؤڈر کی بیگم سٹیورٹ اندھی گولی کا نشانہ بنی تھی۔ پولیس اب تک قاتل دریافت نہیں کر سکی۔ مجھے اُمید ہے کہ یہ قتل کرنل ہی نے کیا تھا۔"

"کرنل سات پردوں میں چھپا ہوا تھا۔ اسی لیے موریارٹی گینگ ٹوٹ گیا، تب بھی وہ پکڑا نہ جا سکا۔ پولیس یا میرے پاس اس کے خلاف کوئی ثبوت ہی نہ تھا۔ تاہم مجھے خدشہ تھا کہ کرنل مجھ پہ حملہ کرے گا۔ اسی لیے تم نے دیکھا ہو گا کہ میں رات ہوتے ہی اس کمرے کی کھڑکیاں بند کر دیتا تھا۔ مجھے اس ایئر گن کا علم تھا اور یہ بھی کہ وہ اب بہترین نشانے باز کے قبضے میں ہے۔

"لندن سے باہر رہ کر میں بغور اخبارات کا مطالعہ کرتا رہا۔ مدعا یہی جاننا تھا کہ کوئی ایسا واقعہ یا حادثہ جنم لے جو مجھے کرنل تک پہنچا دے۔ جب تک وہ زندہ تھا، میری زندگی کا چراغ ہر دم لندن میں گُل ہونے کا خدشہ رہتا۔ ظاہر ہے، میں اُسے گولی نہیں مار سکتا تھا، ورنہ خود جیل کی سلاخوں کے پیچھے پہنچ جاتا۔ قانون سے مدد

لینے کا بھی کوئی فائدہ نہ تھا، کیونکہ اُسے ٹھوس ثبوت درکار ہوتے۔ اسی لیے میں موقع کی تلاش میں چپکا بیٹھا رہا۔

"آخر رونالڈ ایڈیر کے قتل کی خبر آگئی۔ یوں عمل کرنے کا سنہرا موقع آپہنچا۔ قتل کی تفصیلات پڑھتے ہی مجھے یقین ہو گیا کہ یہ کرنل کی کارستانی ہے۔ اس نے نوجوان کے ساتھ کلب میں کارڈ کھیلے، پھر اس کا پیچھا کیا اور کھلی کھڑکی کے راستے اُسے گولی کا نشانہ بنا ڈالا۔

"میں فوراً لندن آپہنچا۔ پھر جیسے ہی مقامی مجرم کو اپنے فلیٹ کے قریب منڈلاتے دیکھا، تو چھٹی حس بیدار ہو گئی۔ گویا کرنل موران کو اب معلوم تھا کہ میں لندن واپس آچکا۔ وہ بھی فوراً جان گیا کہ میں اس کی تازہ واردات کی سن گن لے کر لندن آیا ہوں۔ چنانچہ اس نے فی الفور مجھے اپنی راہ سے ہٹانے کا فیصلہ کر لیا۔

"کرنل کو اپنے انوکھے ہتھیار اور دانش پر بہت اعتماد تھا۔ مگر میں نے بھی شاہ چال چلی اور کھڑکی کے سامنے اپنی ڈمی بٹھا دی۔ اُدھر پولیس میں اپنے دوستوں کو بھی مطلع کر دیا کہ وہ ہوشیار رہیں۔ تاہم میرے وہم و گمان میں نہ تھا کہ کرنل وار کرنے کے لیے اسی جگہ کا انتخاب کرے گا جو میں نے مشاہدے کے لیے چنی تھی۔ واٹسن! اب بتاؤ، تمھارے ذہن میں کوئی سوال ہے؟"

میں بولا "ہاں، تم نے یہ نہیں بتایا کہ کرنل موران نے رونالڈ اڈیر کو قتل کیوں کیا؟" "ارے واٹسن، دماغ پر تھوڑا زور دینے سے یہ وجہ بھی سامنے آجاتی ہے۔ ایک ہفتہ قبل رونالڈ اس کے مخالف کھیلتے ہوئے ۴۰۰ پاؤنڈ ہارا تھا۔ اتنی بڑی رقم ہارنے کے بعد وہ نچلا نہیں بیٹھا اور اُسے کسی طرح علم ہو گیا کہ کرنل کھیلتے ہوئے

چال بازی کرتا ہے۔"

چنانچہ اس دن رونالڈ نے کرنل کو دھمکی دی کہ وہ اس کی رقم واپس کر دے۔ ورنہ وہ شکایت کر کے اُسے بالڈون کلب سے نکلوا دے گا۔ اپنے مربی پروفیسر کی موت کے بعد کرنل کلب میں ایسی ہی چال بازیوں سے جوا کھیل کر کما رہا تھا۔ اگر اس کی جعل سازی افشا ہوتی، تو روزگار کا یہ ذریعہ چھن جاتا۔ لہٰذا جب رونالڈ اپنی بازیوں کا حساب کتاب کرنے میں محو تھا، کرنل نے اُسے قتل کر ڈالا۔ تب رونالڈ نے کمرے کا دروازہ خود بند کیا تھا، تاکہ گھر کی خواتین کام میں مخل نہ ہوں۔"

ہومز کی بات میں بڑا وزن تھا۔ لہٰذا میں نے کہا "تم نے درست کہا۔ ایسا ہی ہوا ہو گا۔" "سچائی مقدمے میں خود بخود سامنے آ جائے گی۔ بہر حال مجھے خوشی ہے کہ کرنل موران کا کانٹا دور ہوا اور وان ہرڈر کی مشہور ایئر گن سکاٹ لینڈ یارڈ عجائب گھر کی زینت بنے گی۔ اب شرلاک ہومز پھر آزاد ہے ۱۳۳ وہ حیران کن، گنجلک اور دلچسپ مسائل حل کرنے جو لندن کی پر پیچ زندگی میں خوب جنم لیتے ہیں۔

****

۷

برفانی بلا

سلیم خاں گمی

ہر طرف برف ہی برف تھی۔

جہاں ہر طرف ریت ہی ریت ہو، اسے ریگستان یا ریگ زار کہا جاتا ہے۔ چوں کہ یہاں ہر طرف برف ہی برف تھی، اس لیے اسے برف زار کہا جاتا تھا۔ کھیتوں کھلیانوں میں برف۔ مٹی، پتھروں اور کنکروں پر برف۔ درختوں اور پودوں پر برف۔ پہاڑیوں، چٹانوں اور ڈھلانوں پر برف۔ پہاڑی پگ ڈنڈیوں، غاروں اور پٹڑیوں پر برف۔ غاروں میں یوں کہ برف باری سے ڈرے اور سہمے ہوئے برفانی چیتے، برفانی ریچھ، برفانی گیدڑ، مرموٹ، جنگلی بھیڑیں اور سانپ کھانے والے جنگلی بکرے جن کو مارخور کہا جاتا ہے، ان غاروں میں داخل ہوتے ہیں تو ساتھ برف بھی اندر لے آتے ہیں۔ ہاں، پٹڑی وہ راستہ ہوتا ہے جسے پہاڑی کاٹ کر بنایا جاتا ہے تا کہ انسان، حیوان، کاریں، ٹرک وغیرہ اپنا سفر جاری رکھ سکیں۔

اس ڈراؤنے موسم میں بھلا باہر کون نکلتا ہے۔ لیکن اکرم نے اپنی ماں فاطمہ سے کہا۔ "ماں، میں ابا کو دیکھنے کھیتوں پر ضرور جاؤں گا۔"

"تم اس موسم میں باہر نہیں جاؤ گے، میرے لال۔"

"موسم دو دن سے خراب ہے، برف باری ہو رہی ہے اور ابا دو دن سے گھر نہیں آئے۔" وہ بولا۔

"اللہ تمہارے ابا کو سلامت رکھے۔ وہ ٹھیک ہوں گے۔"

"اللہ آپ کی دعا قبول کرے۔ لیکن ابا پرسوں گئے تھے تو ان کو بخار تھا ۔" اکرم نے بتایا۔

"میرے بیٹے، مجھے معلوم ہے۔ اُنہیں ہلکا ہلکا بخار تھا۔ نزلہ زکام ہو تو بخار کی شکایت ہو جاتی ہے۔ فکر نہ کرو۔ وہ ٹھیک ہوں گے۔"

"میرا دل کہتا ہے کہ ابا بیمار ہیں۔ میں پتا کر کے آتا ہوں۔" اکرم نے کہا۔

"اس موسم میں کیسے جاؤ گے؟ دو دنوں کی برف باری سے راستہ بند ہو گیا ہو گا ۔"

"میں کالو کو ساتھ لے جاؤں گا۔ وہ آگے آگے اور میں پیچھے پیچھے۔ وہ راستہ بتائے گا۔"

فاطمہ بھی پریشان تھی کہ اکرم کا ابا دو دن سے گھر نہیں آیا اور جب وہ پرسوں گیا تھا تو اسے ہلکا ہلکا بخار تھا اور نزلہ زکام کی بھی شکایت تھی۔ چناں چہ اُس نے اکرم کو جانے کی اجازت دے دی۔

اکرم نے دو روٹیاں، ٹنڈوں کا سالن، اسپرین کی دو گولیاں اور کھانسی کا شربت لے کر ماں کو سلام کیا اور کالو کے ساتھ کھیتوں کی طرف روانہ ہو گیا۔

اکرم اور کالو کئی بار کھیتوں پر گئے تھے، اس لیے کالو کو یہ بتانے کی ضرورت نہ

تھی کہ کہاں جانا ہے اور کون سا راستہ اپنانا ہے۔ وہ آگے آگے ہو لیا اور اکرم اُس کے پیچھے پیچھے۔

اکرم نے اپنے سر پر بوری کا ٹکڑا رکھ لیا تھا تا کہ برف اُس کے کوٹ، سویٹر اور کرتے کو خراب نہ کرے۔ کالو رکھوالی کرنے والا کتا تھا جسے گدی کتا کہا جاتا ہے۔ گدّی کتے وہ قبیلہ پالتا ہے جسے گدّی کہا جاتا ہے۔ یہ قبیلہ پہاڑوں میں رہتا ہے اور بھیڑ بکریاں فروخت کرتا ہے۔ گدی کتا بکریوں کی رکھوالی کرتا ہے۔

اکرم کی عمر دس سال تھی اور وہ چھٹی جماعت کا طالب علم تھا۔ گورا چٹا رنگ، مضبوط ہاتھ پاؤں۔ بلتستان کے سبھی لوگ گورے چٹے، بہت محنتی اور چاق چوبند ہوتے ہیں۔ یہ علاقہ پاکستان کی شمال مشرقی سرحد پر ہے اور کوہِ ہمالیہ کی چوٹیوں سے گھرا ہوا ہے۔ اچانک کالو ایک جگہ کھڑا ہو گیا!

"کیا بات ہے، کالو؟ کھڑا کیوں ہو گیا؟" اکرم نے پوچھا۔

کالو نے اکرم کی طرف مڑ کر دیکھا اور پھر سامنے دیکھنے لگا۔ راستے میں برف کا ایک اونچا سا ڈھیر لگا تھا۔ اکرم نے غور سے دیکھا۔ ایک بڑے سے پتھر پر برف پڑی تھی اور پتھر برف میں چھپ گیا تھا۔

"کچھ نہیں ہے۔ پتھر ہے اور پتھر پر برف ہے۔ چلو!" کالو نے اکرم کا حکم سنا تو چھلانگ لگا کر آگے بڑھا اور برف کے ڈھیر کو عبور کر گیا۔

ہر طرف برف گر رہی تھی اور وہ دونوں آگے بڑھ رہے تھے۔ سامنے پہاڑی تھی اور پہاڑی کے اُس پار اکرم کے والد کی چراگاہ اور کھیت تھے۔ گاؤں سے پہاڑی تک بھی کھیت تھے۔ لیکن یہ دوسرے لوگوں کے تھے۔ ان کھیتوں میں اب فصل

نہیں تھی۔ ان کو فصل اُگانے کے لیے خالی چھوڑ دیا گیا تھا۔ ہاں، ان کھیتوں کی پگ ڈنڈیوں پر سفیدوں، شہتوت، اخروٹ، خوبانی اور سیبوں کے درخت تھے جو اُس وقت برف کے پھولوں سے لدے پھندے تھے۔ بعض درختوں کے تنوں پر بوریاں بندھی ہوئی تھیں تاکہ بھوکے حیوان اُن کی چھال نہ کھا جائیں۔ بلتستان میں برف باری کے موسم میں جانوروں کو کھانے کے لیے بہت کم چارہ ملتا ہے، کیوں کہ ہر چیز برف کے نیچے چھپ جاتی ہے۔

پہاڑی سے پہلے نالا آتا تھا۔ اب وہ دونوں نالے پر پہنچ گئے تھے۔ کالو ایک بار پھر کھڑا ہو گیا اور نالا دیکھ کر بھونکنے لگا۔

"کیوں بھونک رہا ہے؟ نالا ہے۔ برف سے بھرا ہوا ہے۔ اسے تو پار کرنا ہو گا۔ ورنہ ابا کے پاس کیسے پہنچیں گے۔"

لیکن کالو بھونکے جا رہا تھا۔ وہ اکرم کو آگاہ کر رہا تھا کہ نالا خطرناک بھی ہو سکتا ہے۔ "گھبراؤ نہیں۔ آگے بڑھو۔ آدمی سوچ میں پڑا تو ناکام ہوا۔ آگے بڑھو۔ چلو۔"

کالو چل پڑا۔ برف کی تہ نرم تھی۔ لیکن نالے کا پانی جم چکا تھا اور سیمنٹ کے فرش کی طرح سخت تھا۔ بلتستان کے صدر مقام سکردو کے ساتھ دریائے سندھ بہتا ہے۔ لیکن سردیوں میں اس کا پانی بھی جم جاتا ہے اور چھاؤنی کے فوجی جوان اس پر فٹ بال کھیلتے ہیں۔

وہ دونوں نالا پار کر کے اب پہاڑی پر چڑھنے لگے۔ یہ احتیاط کا کام تھا۔ وجہ یہ تھی کہ راستہ ڈھلواں تھا۔ تاہم وہ آہستہ آہستہ آگے بڑھتے رہے۔ وہ دونوں اسی علاقے کے رہنے والے تھے اور پہاڑی راستوں پر ہائیکنگ کرتے رہتے تھے۔ اکرم کا

اسکول دوسرے گاؤں میں تھا اور وہ گاؤں ایک پہاڑی کی دوسری طرف تھا۔

کالو آگے تھا، اس لیے وہ پہاڑی کی چوٹی پر پہلے چڑھا اور پھر بھونکنے لگا۔ برف باری اب تھم چکی تھی۔

"اب کیا ہوا؟ کیوں بھونک رہے ہو؟" اکرم نے پوچھا۔

کالو نے پیچھے مڑ کر اُس کی طرف دیکھا اور پھر آسمان کی طرف منہ کر کے زور زور سے بھونکنے لگا۔ اکرم آگے بڑھا اور نیچے جھک کر دیکھا۔ برف پر ریچھ کے پنجوں کے نشان تھے۔

"یہ ریچھ کے پنجوں کے نشان ہیں۔ وہ اس طرف سے گزرا ہے۔ تم آگے بڑھو۔" اکرم نے کہا۔ لیکن کالو آگے نہ بڑھا اور ایک بار پھر آسمان کی طرف منہ اُٹھا کر زور زور سے بھونکنے لگا۔

میں جانتا ہوں کوئی ریچھ ادھر سے گزرا ہے۔ ہمارے کھیتوں کی طرف گیا ہے یا کسی دوسری طرف، کچھ معلوم نہیں۔ ہم اُس کا پیچھا نہیں کریں گے۔ ابا کے پاس جائیں گے۔ تم آگے بڑھو۔"

آگے ڈھلان تھی۔ برف باری بند ہو چکی تھی لیکن برف اب بھی نرم تھی، اس لیے کالو اور اکرم کو احتیاط اور ہوشیاری سے چلنا پڑا۔ پہاڑی سے نیچے اترے تو کھیت شروع ہو گئے۔ یہاں بھی کھیتوں کے کناروں پر شہتوت، اخروٹ، خوبانی اور سیبوں کے درخت تھے اور اُن کی شاخوں میں برف کے پھول اور گولے لٹکے ہوئے تھے۔ لگتا تھا چاندی کے بنے ہوئے درخت ہیں اور ان پر پھل بھی چاندی کا آیا ہے۔ کھیتوں میں بیل، گائے، بھیڑیں اور بکریاں چارے کے لیے گھوم پھر رہے تھے۔

جہاں کھیت ختم ہوتے تھے، وہاں باڑا تھا اور اُس باڑے میں ایک طرف کوٹھا تھا جس کا دروازہ بند تھا۔ وہ آگے بڑھے تو برف باری شروع ہو گئی۔ لیکن اکرم خوش تھا کیوں کہ اُسے برف باری کے باوجود درختوں میں سے باڑا اور کوٹھا دکھائی دے رہے تھے۔ گدی کتے برف باری میں بھی خوش رہتے ہیں۔ لیکن اکرم اب اکتا گیا تھا۔ سفر تو اُس نے اتنا لمبا چوڑا نہیں کیا تھا لیکن ایسی حالت میں جب دھرتی پر برف کی تہ جمی ہو، اوپر سے برف گر رہی ہو اور راستہ پھسلواں اور ڈھلواں ہو تو احتیاط سے چلنے کی وجہ سے جسم کے پٹھے تن کر تھک جاتے ہیں۔

جب وہ دونوں باڑے میں پہنچے تو کالو بھاگ کر کوٹھے کی طرف بڑھا اور دروازے پر کھڑے ہو کر بھونکنے لگا۔ لیکن اندر سے کوئی باہر نہ آیا۔ کالو سمجھا اندر کوئی نہیں ہے۔ وہ خاموش ہو گیا۔ لیکن کھڑا رہا۔ اکرم نے آکر دروازہ کھولا تو دیکھا کہ اُس کا ابا کمبل اوڑھے لیٹا ہوا ہے اور بخار میں پھنک رہا ہے۔ وہ تقریباً بے ہوش تھا۔ اکرم نے آگ جلائی۔ کیتلی میں برف ڈالی۔ اُسے چولھے پر رکھ کر پگھلایا، نیم گرم پانی سے اپنے ابا کو بخار اور نزلہ زکام کی گولیاں کھلائیں اور پھر سالن گرم کرنے لگا۔ کالو اکرم کے والد کے پیروں میں بیٹھ کر اکرم کو کام کرتے ہوئے دیکھ رہا تھا۔

وہ چولھے کے پاس بیٹھا ہی تھا کہ اچانک کوٹھے کا دروازہ کھلا اور ایک موٹا تازہ خوں خوار سفید ریچھ اندر آیا اور کالو پر حملہ کرنے کے لیے پچھلے پیروں پر کھڑا ہو گیا۔ اُس کی غراہٹ سے سارا کوٹھا گونج اٹھا۔ اکرم کے ابا نے آنکھیں کھول کر ریچھ کو دیکھا تو اُس کا دل دھک سے رہ گیا۔ کالو زور زور سے بھونکنے لگا۔ اکرم نے سبزی کاٹنے والی چھری اُٹھائی اور مقابلے کے لیے تیار ہو گیا۔

"یہ ہمارے علاقے کا ریچھ نہیں ہے۔ لداخ کے علاقے سے آیا ہے۔ یہ چھری اِس کا کچھ نہ بگاڑ سکے گی۔" اکرم کا والد کم زور آواز میں بولا۔ وہ اب بھی لیٹا ہوا تھا۔ اُس میں اُٹھنے کی سکت نہ تھی۔

"پھر کیا کیا جائے؟ آپ تو بیمار ہیں۔" اکرم چھری دیکھ کر بولا۔

"میرے تکیے کے نیچے خنجر ہے۔ اُس سے اپنی حفاظت کرو۔"

اکرم نے تکیے کے نیچے سے خنجر نکال کر دائیں ہاتھ میں پکڑ لیا۔ چھری اُس کے بائیں ہاتھ میں تھی۔ اب ریچھ دروازے کے ساتھ پیٹھ لگائے کھڑا تھا۔ اُس کے سامنے کالو غرا رہا تھا، کالو کے پیچھے اکرم تھا اور اکرم کے پیچھے چولھا جل رہا تھا۔ چولھے کے ساتھ ایک کونے میں اکرم کا ابا لیٹا ہوا تھا۔

دیکھتے ہی دیکھتے ریچھ آگے بڑھا۔ اُس نے چیخ مار کر تھوتھنی آگے بڑھائی اور کالو پر حملہ کر دیا۔ کالو نے اگلے دو پنجوں سے مقابلہ کیا۔ ریچھ نے اپنے پنجے اس زور سے کالو کی گردن پر مارے کہ وہ لڑھک کر گر پڑا۔ اب ریچھ اور اکرم کے درمیان کوئی نہ تھا۔

"آگے نہ بڑھنا، یہیں کھڑے ہو کر مقابلہ کرنا۔" اکرم کا ابا بولا۔

لیکن اس سے پہلے کہ ریچھ اکرم پر حملہ کرتا، کالو سنبھل کر پھر ریچھ پر حملہ آور ہوا اور اُس کی ناک کو دانتوں میں دبا لیا۔ ریچھ چیخا، چنگھاڑا اور پھر اُس نے دائیں پنجے سے کالو کے پیٹ پر حملہ کیا۔ پیٹ سے خون رسنے لگا۔ کالو نے ریچھ کی ناک چھوڑ دی جو اب لہولہان ہو چکی تھی۔ اُس نے منہ کھول کر کالو پر حملہ کیا اور اس کی گردن منہ میں دبائی۔ اکرم نے محسوس کیا کہ اب کالو کا بچنا محال ہے۔ لیکن کالو کی

گردن کے لچھے دار بالوں نے اُسے بچالیا۔ یہ بال ریچھ کی زخمی ناک میں گھس گئے اور تکلیف سے زچ ہو کر ریچھ کو گردن چھوڑنا پڑی۔

وہ اب پیچھے ہٹ کر غرایا اور پنجے بڑھا کر کالو پر حملہ کیا۔ کالو نے اُس کے نیچے ہو کر اُس کے پیٹ میں دانت گاڑ دیے۔ اب ریچھ اوپر تھا اور کالو نیچے۔ ریچھ درد سے بلبلا رہا تھا۔ لیکن پھر فوراً ہی اُس نے اپنے پنجے کالو کی رانوں میں گاڑ دیے اور پیٹھ میں دانت پیوست کر دیے۔ اب کالو کے بچنے کی کوئی صورت نہ تھی!

اکرم نے دیکھا کہ کالو بے بس ہو گیا ہے تو اُس نے آگے بڑھ کر خنجر ریچھ کے پیٹ میں گھونپ دیا۔ پیٹ کی انتڑیاں باہر آگئیں اور وہ بے بس ہو گیا۔ کالو اُس کے نیچے سے نکل آیا اور دوبارہ اُس کی تھوتھنی پکڑ لی۔ اتنے میں اکرم نے خنجر سے اُس کی شہ رگ کاٹ دی۔ یہ دوا کا اثر تھا یا اکرم، کالو اور ریچھ کی لڑائی کا کہ اکرم کا ابا اُٹھ کر بیٹھ گیا۔ اُس نے ہاتھ بڑھا کر کالو کو شاباش دی اور اکرم سے کہا۔ "اکرم بیٹے، اگر تو ریچھ پر حملہ نہ کرتا تو وہ موذی کالو کو مار ڈالتا اور کالو کے بعد ہماری باری تھی۔"

ریچھ کی لاش کو باہر پھینکنے کے لیے اکرم نے دروازہ کھولا۔ باہر اب بھی برف گر رہی تھی!

***

۸

بزدل چیتا بہادر شکاری

ڈاکٹر رؤف پاریکھ

جب میں خان صاحب کے گھر پہنچا تو وہاں حسب معمول مجمع لگا ہوا تھا۔ خان صاحب بہت خوش مزاج، مہمان نواز اور یار باش آدمی تھے اور ہمارے ابا کے دوست تھے۔ ان کے گھر روزانہ شام کو بے فکروں کی محفل جمتی، خوش گپیاں ہوتیں بلکہ بعض اوقات تو صرف گپیں ہی ہوتیں۔ خاص طور پر جس دن خان صاحب کے شکاری دوست سیٹھ افریقہ والے آتے، اُس دن تو بڑے دلچسپ اور ناقابل یقین واقعات سننے کو ملتے۔ اُس دن بھی سیٹھ افریقہ والا آئے ہوئے تھے اور افریقہ میں اپنے شکار کے واقعات سنا رہے تھے۔ وہ دراصل افریقہ میں خاصا عرصہ رہے تھے اور وہاں ان کا کاروبار تھا۔ اس لیے ان کا نام سیٹھ افریقہ والا پڑ گیا۔ میں خان صاحب کے گھر پہنچ کر ایک کونے میں دبک گیا جہاں دوسرے بچے اور میرے دوست ٹلّو میاں پہلے سے موجود تھے۔

جب میں خان صاحب کے ڈرائنگ روم میں داخل ہوا تو سیٹھ افریقہ والا کہہ رہے تھے "بس جناب، میرا درخت سے کودنا غضب ہو گیا۔ وہ خوں خوار چیتا قریب

ہی جھاڑیوں میں چھپا ہوا تھا۔ میرے کودتے ہی جھاڑیوں سے نکلا اور مجھ پر حملہ کرنے کو ہی تھا کہ میں سر پر پیر رکھ بھاگ کھڑا ہوا۔ کچھ سمجھ میں نہیں آرہا تھا کہ کیا کروں؟ وہ موذی چند لمحوں میں مجھے آلیتا کہ مجھے ایک ترکیب سوجھی۔

جنگل میں افریقہ کے لوگوں نے جانوروں کو پکڑنے کے لیے گڑھے کھود رکھے تھے اور ان پر درختوں کی شاخیں اور پتے وغیرہ ڈال کر انہیں چھپادیا تھا تاکہ جانور ان پر پاؤں رکھیں تو گڑھے میں جا گریں۔ مرتا کیا نہ کرتا۔ میں نے ایک گڑھے پر سے شاخیں اور پتے ہٹائے اور اللہ کا نام لے کر غڑاپ سے اندر کود گیا۔ میرا خیال تھا کہ چیتا میرا پیچھا کرتا ہوا اس چھ فٹ گہرے گڑھے میں تو کودنے سے رہا۔ لیکن صاحب، یہ دیکھ کر میرے ہاتھوں کے طوطے اڑ گئے کہ چیتا گڑھے کے کنارے پر کھڑا مجھے خونی نظروں سے گھور رہا ہے۔ اور پھر آن کی آن میں اس نے گڑھے میں چھلانگ لگادی۔ اگر میں پہلو بدل کر ایک طرف جھکائی نہ دے دیتا تو وہ ظالم سیدھا میرے اوپر ہی گرتا۔ میری جگہ کوئی اور ہوتا تو شاید دہشت ہی سے اس کا دم نکل جاتا لیکن آپ تو جانتے ہیں کہ میری پوری زندگی افریقہ کے خوف ناک جنگلوں میں درندوں سے دودو ہاتھ کرتے گزری ہے۔ میں ذرا نہ گھبرایا۔"

سیٹھ افریقہ والا کا بیان لوگ بڑی دلچسپی سے سن رہے تھے لیکن جب انہوں نے کچھ زیادہ ہی ڈینگیں مارنا شروع کیں تو کچھ لوگ مسکرائے بھی لیکن وہ اپنی دھن میں بے خبر کہتے گئے، "بس جناب، اُسی وقت میرے ذہن میں ایک ایسی ترکیب آئی کہ کچھ دیر کے لیے تو خود میں بھی حیران رہ گیا۔ جانور آگ سے بہت ڈرتے ہیں۔ میں نے سوچا کیوں نہ اسے بھی آگ سے ڈرایا جائے۔ میں نے فوراً جیب سے

سگرٹ لائٹر نکال کر جلایا۔ چیتا مجھ پر چھلانگ لگانے والا ہی تھا کہ سگرٹ لائٹر کا شعلہ بھڑکا۔ وہ دوڑ کر پیچھے ہٹ گیا۔ اب تو میں بھی شیر ہو گیا۔ میں نے آگے بڑھ کر لائٹر کے شعلے سے اس کی داہنی مونچھ کے بال جلانا شروع کر دیے۔ چیتا اچھل کر پیچھے ہٹا اور بڑی دردناک آواز میں دھاڑا۔

اُف وہ دھاڑ! خدا کی پناہ! کم زور دل والے تو اس دھاڑ کو سنتے ہی فوت ہو جاتے، لیکن میں نے ایک بھرپور قہقہہ لگایا اور پھر ہاتھ آگے بڑھایا کہ اس کی بائیں مونچھ بھی جلادوں۔ یہ دیکھتے ہی اس نے مجھے چھوڑ کر اوپر چھلانگ لگائی اور گڑھے سے باہر نکلنے کو ہی تھا کہ میں نے لپک کر اس کی دم پکڑلی۔ اب اس کے اگلے دو پاؤں گڑھے کے کنارے پر ہیں، پچھلے دو گڑھے کے اندر اور میں پیچھے سے اس کی دم مروڑ رہا ہوں۔ ذرا سوچیے کہ کیا منظر ہو گا۔" سیٹھ افریقہ والا نے کہا اور اپنے برابر بیٹھے ہوئے ملک صاحب کی پیٹھ پر زور سے ایک ہاتھ رسید کیا۔ ملک صاحب ڈر کے مارے چونکے۔ سب نے قہقہہ لگایا جس میں سب سے بلند قہقہہ سیٹھ افریقہ والا کا تھا۔

خان صاحب کی نظریں تو اپنے دوست سیٹھ افریقہ والا پر تھیں لیکن ان کا ہاتھ مونچھ مروڑ رہا تھا، اور ہونٹوں پر ایک شریر سی مسکراہٹ کھیل رہی تھی۔ دراصل انہوں نے اسی مسکراہٹ کو چھپانے کے لیے مونچھوں کو تاؤ دینے کے بہانے چہرے کے آگے ہاتھ رکھ لیا تھا۔ صاف ظاہر تھا کہ انہیں اپنے دوست کی باتوں پر ذرہ برابر یقین نہیں آرہا۔ کچھ اور لوگ بھی بے یقینی کے عالم میں بیٹھے تھے۔ البتہ بچے سہمے ہوئے تھے۔ خود میرا دل دھڑ دھڑ کر رہا تھا۔ لیکن ٹلّو میاں کی آنکھوں میں شرارت کی چمک تھی۔

"لیکن میں نے بھی سوچ لیا تھا کہ آج اس بزدل چیتے کو چھوڑنا نہیں ہے۔" سیٹھ صاحب نے کہنا شروع کیا" کم بخت کی وجہ سے مجھے گڑھے میں گرنا پڑا تھا۔ میں نے ارادہ کر لیا تھا کہ اب اسی کے سہارے باہر نکلوں گا۔ جب اس نے دیکھا کہ میں اس کی دم نہیں چھوڑ رہا تو وہ گڑھے کا کنارہ چھوڑ کر سیدھا کھڑا ہو گیا اور بڑی بے چارگی سے مجھے دیکھنے لگا جیسے کہہ رہا ہو کہ پلیز مجھے جانے دو لیکن میں نے سگریٹ لائٹر آگے کر دیا۔ یہ اشارہ تھا اس بات کا کہ باہر نکلیں گے تو دونوں ورنہ تمہیں یہیں جلا کر خاک کر دوں گا۔ وہ میرا اشارہ سمجھ گیا۔ اگلی دفعہ جب اس نے باہر کی طرف چھلانگ لگائی تو میں اس کی دم پکڑ کر لٹک گیا۔ وہ زور لگاتا رہا یہاں تک کہ آہستہ آہستہ ایک ایک انچ کھسکتا ہوا تھوڑا باہر نکل گیا۔ میں اس کی دم سے چمٹا ہوا تھا۔ خیر صاحب، گڑھے سے باہر نکلتے ہی میں نے اس کی دم چھوڑ دی اور وہ دم دبا کر بھاگ گیا۔ سوچتا ہو گا کہ یہ کون سی بلا گلے پڑ گئی۔ بزدل! گیدڑ کہیں کا!"

ابھی افریقہ والا صاحب نے اپنی بات پوری کی ہی تھی کہ ان کی گود میں ایک مردہ چوہا آکر گرا۔ انہوں نے ایک ہول ناک چیخ ماری اور اچھل کر صوفے پر کھڑے ہو گئے۔ چوہا بھی ان کے اچھلنے سے اچھلا اور میز پر جا گرا۔ افریقہ والا نے ایک اور چیخ ماری اور پھر بے ہوش ہو گئے۔ ان کو ہوش میں لانے کے لیے لوگوں کو بہت محنت کرنی پڑی۔ اس کے بعد ٹلّو میاں کی ڈھنڈیا پڑی۔ لیکن وہ بھلا وہاں کہاں ملتے۔ آخر انہیں چوہے والے ہاتھ بھی تو دھونے تھے!

***

۹

آخری وار

اعظم طارق کوہستانی

اُس نے ہوش وخرد سے بیگانہ ہو کر اپنے پھول جیسے نرم ونازک کلائیوں والے ہاتھوں کو مکے کی شکل دی اور اس گرانڈیل جسم کے مالک اسرائیلی فوجی کے پیٹ میں گھونسوں کی بارش کر دی۔

"تم نے میری ماں پر ہاتھ اٹھایا۔" ننھا حسن ہذیانی انداز میں چیخا۔ "میں تمہیں جان سے مار دوں گا۔" لیکن شاید ننھے حسن کی یہ حرکت اسرائیلی فوجی کو سخت نا پسند آئی۔ دوسرے لمحے اسرائیلی فوجی کا ہاتھ بلند ہوا اور رائفل کے زوردار بٹ نے ننھے حسن کے ہوش وحواس پر اندھیرے کی چادر تان دی تھی۔

وہ ہوش میں آیا تو اس کی معصوم دنیا اندھیر ہو چکی تھی۔ اس کے باپ کو "کارل" کے حکم پر اسرائیلی فوجیوں نے اپنی بے رحم گولیوں سے بھون ڈالا تھا۔ اس کے باپ کا قصور کیا تھا؟ صرف یہی کہ اس نے کارل کے خون آشام اور گھناؤنے جرم کو بے نقاب کرنے کے لیے اپنے قلم کا استعمال کیا تھا۔ اس کے باپ نے ایک سچ سے پردہ اُٹھایا تھا کہ کارل نے اپنے عہدے کا ناجائز فائدہ اٹھاتے ہوئے اپنے درندہ

صفت فوجیوں کے ہاتھوں غریب اور نہتے فلسطینیوں پر آگ و آہن کے دروازے کھول دیے ہیں۔'

طلسم ٹوٹا اور خیال کے ۱۸ر برسوں پہلے کے واقعات کے ان دھندلکوں سے وہ نکل آیا۔ سورج نے اپنی حدت کم کرلی تھی۔ لیکن اس کے باوجود دو گرم گرم آنسو اس کی آنکھوں سے لڑھک کر زمین میں جذب ہوگئے۔ اندھیرا اُجالے پر حاوی ہونے لگا تھا۔ تیز ہوا کے دوش پر اڑتے ہوئے پرندے بھی اب اپنے آشیانوں کی سمت چل پڑے تھے۔

یہودیوں کے قبضے سے فلسطین آزاد کرانے والے آزادی کے متوالوں میں وہ بھی شامل تھا۔ کارل کی موت اس کی زندگی کا اہم مقصد تھا۔ کارل کے حکم پر جن تین فوجیوں نے اس کی زندگی کی رونقیں اندھیر نگری میں بدلی تھیں ان تینوں کو ایک جھڑپ میں اس کے چچا نے جہنم واصل کردیا تھا لیکن وہ خود بھی بری طرح زخمی ہوئے۔ چند دنوں کی شدید علالت کے باعث شہید ہوگئے مگر جاتے جاتے حسن سے وعدہ لے گئے کہ کارل اور اس جیسے سیکڑوں درندہ صفت اسرائیلی فوجیوں کو جہنم واصل کرنا ہے۔

کارل کو ختم کرنا ایک مشکل کام تھا۔ وہ "موساد" جیسی بدمعاش تنظیم کے شعبہ جاسوسی کا انچارج تھا۔ کمانڈوز اس سے سایے کی طرح چمٹے رہتے تھے۔ لیکن یہ مشکلات حسن کے عزم وحوصلے کی راہ میں حائل نہ ہوسکیں۔ اسے اپنے ایک فلسطینی سائنسدان دوست سے ایک ایسی پستول ملی کہ اگر اسے کسی اخبار میں لپیٹ کر بغل میں دبالی جاتی اور شکار پر نشانہ تان کر ہلکا سازور دے دیا جاتا تو گولی چل پڑتی۔۔۔ وہ

اپنے دوست کی اس حیرت انگیز ایجاد سے بھر پور فائدہ اُٹھانا چاہتا تھا اور اپنے سائنسدان دوست کا بے انتہا مشکور تھا۔

اسرائیل کی بقاء وسلامتی کے حوالے سے ہونے والی اس تقریب کی خاص بات یہ تھی کہ اس میں ہر خاص و عام یہودی کو شرکت کی اجازت تھی۔ حسن نے بھی اس دن اپنا حلیہ عام یہودیوں کی طرح بنایا۔ منصوبے کے مطابق اخبار اس نے ہاتھ میں یوں لیا جیسے جلدی میں اس نے اخبار تو خرید لیا ہو لیکن پڑھ نہ سکا ہو۔ اسے اپنے ایک ساتھی سے معلوم ہوا تھا کہ اس تقریب میں کارل کی شرکت یقینی ہے۔ تقریب میں یہودیوں کی ڈیڑھ گھنٹہ کی ہرزہ سرائی سننے کے بعد بالآخر وہ لمحہ بھی آپہنچا جب کارل کو اپنے خیالات کے اظہار کے لیے ڈائس پر بلایا گیا۔ کارل ایک مشہور یہودی پیشوا کا بیٹا بھی تھا اس لیے اس قسم کی تقریبات میں اس کی شرکت یقینی ہوتی تھی۔ پردے کے پیچھے سے کارل نمودار ہوا اور سیدھا ڈائس پر پہنچا۔ جب فلسطین کے حوالے سے کارل نے ہرزہ سرائی کرتے ہوئے اپنے سے پہلے آنے والے تمام مقرروں کو پیچھے چھوڑا تو حسن مزید برداشت نہ کر سکا۔ اس نے چاروں جانب تیکھی نظروں سے دیکھا۔۔۔ کسی کو اپنی جانب متوجہ نہ پا کر حسن اٹھ کھڑا ہوا۔ اخبار اس کے بغل میں تھا۔ کارل کو پستول کے نشانے پر رکھا۔ اس سے پہلے وہ گولی چلاتا۔۔۔ اس کے پیچھے سے کسی شخص نے اس کا جبہ پکڑ کر اسے بیٹھنے کے لیے کہا۔ بس یہیں اس کا توازن بگڑا۔۔۔ گولی چلی۔۔۔ مگر نشانہ خطا ہو چکا تھا۔ گولی کا چلنا تھا کہ ہال میں بھگدڑ مچ گئی۔ ایک افراتفری کا عالم تھا۔ بزدل یہودیوں کا جدھر منہ اٹھا اسی طرف کو بھاگ کھڑے ہوئے۔ اپنی اس ناکامی پر اُس کا دل چاہا کہ اس شخص

کو گولی مار دے جس کے جبہ کھینچنے کی وجہ سے یہ معاملہ بگڑا تھا۔ حسن نے بھگڈر کا بھرپور فائدہ اٹھایا۔

دروازے پر نوک دار دستک ہوئی۔ میز کے پیچھے بیٹھے ہوئے پستہ قد کے مالک "کارل" نے چونک کر دروازے کی طرف دیکھا۔

" یس کم اِن۔" یہ کارل کا مخصوص ملازم تھا جس کے ہاتھ میں ایک خوب صورت کور میں لپٹا گفٹ پیک موجود تھا۔

"سر! یہ امریکا سے آپ کے لیے آیا ہے۔" ملازم کے ہونٹ ہلے۔

"ہوں۔" کارل نے خوش گوار انداز میں زور سے ہنکارا بھرا۔ گفٹ پیک میز پر رکھ کر اسے جانے کا اشارہ کیا۔

چپڑاسی کے باہر جاتے ہی کارل نے فوراً گفٹ پیک کھولا۔ کارل اکثر وبیشتر امریکا جاتا تھا جہاں اس کے کافی دوست رہتے تھے۔۔ وہ یہی سوچ رہا تھا کہ انھیں میں سے کسی دوست نے یہ تحفہ اس کے لیے بھیجا ہے۔

"ارے یہ کیا۔۔! اس میں تو میرا پسندیدہ برانڈ کا سگار ہے۔" کارل بچوں کی طرح خوش ہوتے ہوئے بڑبڑایا۔

"مجھے معلوم ہے یہ یقیناً اینڈریسن نے بھیجا ہوگا۔" اینڈریسن کا خیال آتے ہی اس کے لبوں پر مسکراہٹ دوڑ گئی اور کارل نے بغیر کوئی لمحہ ضائع کیے بغیر سگار کا "بینڈ" کھولا۔ بینڈ کو کھلنا تھا کہ ایک نامانوس سی بو اس کے نتھنوں سے ٹکرائی اور سگار کا "رسیا" کارل بالآخر حسن کے ہاتھوں مارا گیا۔ کارل کو سیکنڈ کے ہزارویں حصے میں اس ہتھیار کے بارے میں سب کچھ یاد آگیا تھا لیکن اب شاید اس کا کوئی فائدہ نہیں

تھا۔ دوسرے لمحے اس کی گردن ایک جانب ڈھلک گئی۔

حسن کو اپنے ذرائع سے پتا چلا کہ کارل کو سگار کا جنون کی حد تک شوق ہے۔ سگار کا سن کر حسن کے ذہن میں جھماکا سا ہوا۔ امریکی سی آئی اے (خفیہ تنظیم) کی ایجاد کو اس نے ان ہی کی حلیف تنظیم موساد کے ایک اہم رکن اور شعبہ جاسوسی کے انچارج پر آزمانے کا فیصلہ کیا۔ پہلا مرحلہ تو سگار کی تلاش تھی۔ لیکن اس کا یہ اہم مسئلہ امریکا میں مقیم اس کے دوست شیخ طاہر نے ایک امریکی پولیس کو ۱۰۰۰۰۱ ڈالر دے کر حل کر دیا۔ سگار کو اگر وہ فلسطین سے ہی کارل کے پاس بھیج دیتا تو وہ چوکنا ہو جاتا اور شاید سگار پہچان جاتا کیوں کہ آخر وہ بھی ایک جاسوس تھا۔۔۔ اس لیے حسن نے بغیر کوئی رسک لیے امریکا کا طویل سفر کیا اور وہیں سے اسے گفٹ پیک کی شکل میں کارل کے پتے پر روانہ کر دیا۔ کارل اس ایجاد سے بخوبی واقف تھا لیکن اپنے اس جنونی شوق کی بدولت عالم بالا کو روانہ ہو گیا تھا۔

دوسرے دن کے تمام بڑے اخبارات کی شہ سرخی یہ تھی۔

"رکن موساد اور شعبہ جاسوسی کے انچارج 'کارل' سگار کے ذریعے قتل۔"

خبر پڑھ کر حسن کو اپنے دل میں طمانیت کا احساس ہوا اور دوسرے لمحے اس کی پیشانی سجدہ شکر کے لیے بارگاہ ایزدی کے سامنے جھک گئی۔

***